हिन्द पॉकेट बुक्स

कोई नहीं जानता

अमृता प्रीतम पंजाबी के सबसे लोकप्रिय लेखकों में से एक हैं। अमृता प्रीतम का जन्म 1919 में गुजरांवाला पंजाब (भारत) में हुआ। उनका बचपन लाहौर में बीता और शिक्षा भी वहीं हुई। किशोरावस्था से उन्होंने लिखना शुरू किया। उन्होंने सौ से अधिक कविताओं की पुस्तकें लिखीं, साथ ही फिक्शन, बायोग्राफी, आलेख और आटोबायोग्राफी लिखकर साहित्य में नया मुकाम हासिल किया। इनकी तमाम पुस्तकों का कई भारतीय भाषाओं सहित विदेशी भाषाओं में भी अनुवाद हुआ। अमृता प्रीतम पहली महिला लेखिका हैं, जिन्हें 1956 में साहित्य अकादमी पुरस्कार मिला। 1982 में उन्हें *काग़ज़ ते कैनवास* के लिए ज्ञानपीठ पुरस्कार मिला। 2004 में पद्मविभूषण भी प्रदान किया गया।

कोई नहीं जानता

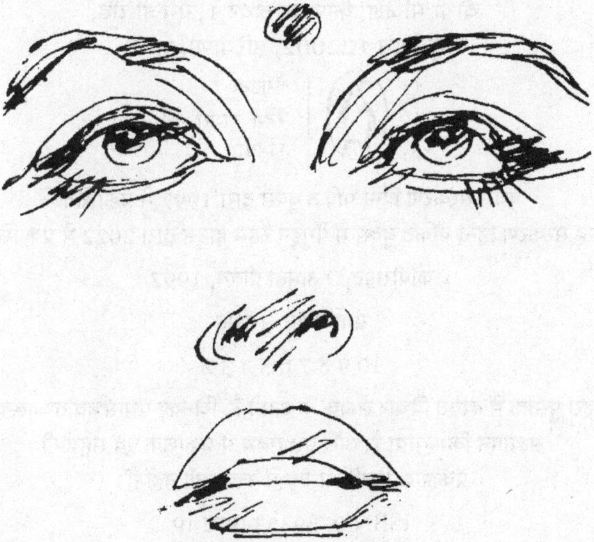

अमृता प्रीतम

हिन्द पॉकेट बुक्स
पेंगुइन रैंडम हाउस इम्प्रिंट

हिन्द पॉकेट बुक्स

यूएसए | कैनेडा | यूके | आयरलैंड | ऑस्ट्रेलिया
न्यू ज़ीलैंड | भारत | साउथ अफ्रीका | चीन | सिंगापुर

हिन्द पॉकेट बुक्स, पेंगुइन रैंडम हाउस ग्रुप ऑफ़ कम्पनीज़ का हिस्सा है,
जिसका पता global.penguinrandomhouse.com पर मिलेगा

पेंगुइन रैंडम हाउस इंडिया प्रा.लि.,
चौथी मंजिल, कैपिटल टावर 1, एमजी रोड,
गुरुग्राम 122002, हरियाणा, भारत

पेंगुइन
रैंडम हाउस
इंडिया

प्रथम संस्करण हिन्द पॉकेट बुक्स द्वारा 1997 में प्रकाशित
यह संस्करण हिन्द पॉकेट बुक्स में पेंगुइन रैंडम हाउस द्वारा 2022 में प्रकाशित

10 9 8 7 6 5 4 3 2

इस पुस्तक में व्यक्त विचार लेखक के अपने हैं, जिनका यथासंभव तथ्यात्मक सत्यापन किया गया है, और इस संबंध में प्रकाशक एवं सहयोगी प्रकाशक किसी भी रूप में उत्तरदायी नहीं हैं।

ISBN 9789353497149

मुद्रक : मणिपाल टेक्नॉलजीस् लिमिटेड, भारत

www.penguin.co.in

FSC
www.fsc.org
MIX
Paper | Supporting responsible forestry
FSC® C043100

उपन्यास-क्रम

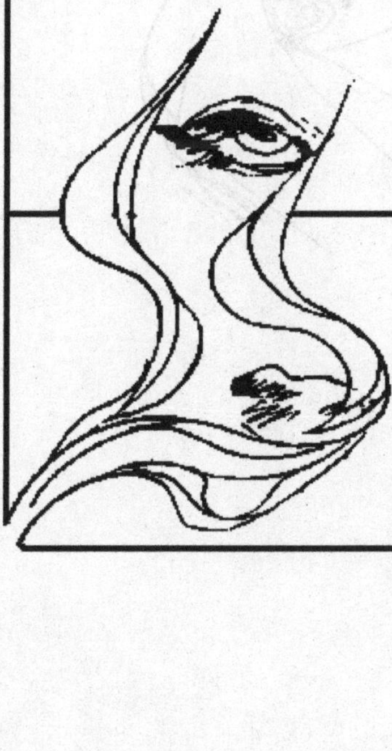

कोई नहीं जानता

एक

सब जानते हैं–बदायूं ज़िले के मानिकपुर गांव के ठाकुर पृथ्वीसिंह जब ससुराल की रिश्तेदारी में एक विवाह में शरीक होने के लिए लाव-लश्कर के साथ चले तो रास्ते के गांवों के लोग कोसों का चक्कर लगाकर उनकी चढ़त देखने के लिए आए थे।

सबसे आगे दुशालों से सजे हुए गुमटी वाले रथ में ठाकुर पृथ्वीसिंह खुद बैठे हुए थे और तकिए से उन्होंने नहीं, उनकी बंदूक ने सहारा लगाया हुआ था। उसके पीछे चांदी के झब्बे वाला रब्बा था, पालकी जैसा, जिसमें सिर पर सोने का शीशफूल, कमर में सोने की तगड़ी और पैरों में सोने के बिछुए पहने उनकी ठकुराइन बैठी हुई थीं।

ठाकुर और ठकुराइन की उम्र यूं तो अब ढलती राह पर थी, पर धन-मान की दृष्टि से दोनों चढ़ती राह पर थे। ठाकुर पृथ्वीसिंह वैसे तो मानिकपुर के ठाकुर ही कहलाते थे, लेकिन पूरे पांच गांव उनकी ताबेदारी में थे। ठकुराइन के दहेज में भी दो गांव मिले थे–हरफूरी और सहसपुर, सो मिलाकर पूरे सात गांव उनके हुकुम में बंधे हुए थे।

ससुराल की रिश्तेदारी में यह ब्याह उसी हरफूरी गांव में था जो ठकुराइन के दहेज का गांव था। यह मानिकपुर से काफी दूर पड़ता था, इसलिए बरसों बीत जाते थे, वहां जाना नहीं होता था। और आज का समय, सिर्फ विवाह पूरा करने का समय नहीं था–ठाकुर और ठकुराइन के लिए अपनी रिआया को अपना धन-मान दिखाने

का अवसर भी था।

और फिर अब तो बेटे जवान हो गए थे, रिआया के अगले मालिक। उनकी शक्ल और जवानी भी सोने की मुहरों के समान थी। उनका दबदबा रिआया पर पड़ना ज़रूरी था। बड़ा लड़का मलखानसिंह पिता के गुणों पर नहीं गया था (नीची आंख रखने वाला और धीमे स्वभाव का होने के कारण उसकी शोहरत साधू मलखानसिंह के नाम से चली थी), पर छोटा बेटा चंदनसिंह पिता से भी सवाया निकलता आ रहा था। वह बंदूक लेकर शिकार के लिए क्या चढ़ता था, नदियों के किनारे पर लगे पेड़ों-बेलों की छाती पर मानो शेर की गरज चढ़ती थी। लोग अभी से उसे कुंवर साहब कहने लगे थे।

इस समय भी मलखानसिंह ठकुराइन-मां की रक्षा के लिए पालकी में बैठा हुआ था, पर छोटे बेटे चंदनसिंह ने हाथ में बंदूक ले रखी थी और अपने लिए फिरक जुतवाई थी। रथ गोल छत का होता है, रब्बा चौरस छत का, पर फिरक खुली छत की होती है। चंदनसिंह को अपनी बंदूक के सिर पर छत नहीं चाहिए थी। इसलिए फिरक में बैठे हुए चंदनसिंह की छवि, रथ और रब्बे से अलग थी। दुशालों वाला रथ, और चांदी के झब्बों वाला रब्बा भले ही लोगों की आंखों को चौंधियाते हों, पर उनकी आंखों में भय की सलाई डालने वाली सिर्फ चंदनसिंह की फिरक थी। पीछे-पीछे बैलगाड़ियां थीं–संदूकों से भरी हुई, और सबसे पीछे हंसा-मोती दो घोड़े थे, जो मलखान और चंदन ने दूध-घी से पाले हुए थे। इस समय वे साईसों के हाथ में थे।

नौकरों, साईसों और रथवानों के लिए भी यह अवसर अकड़कर चलने का था। उनकी सिंदूरी पगड़ियों में लगा हुआ अबरक सचमुच तारों की तरह चमक उठा था। जब एक गांव के पास से उनका लाव-लश्कर गुज़रा तो उस दिन गांव में हफ्तावारी पैठ लगी होने के कारण बाज़ार में छाप-छल्ले, कांच की चूड़ियां और खुशबूदार साबुन की बट्टियां खरीदने वाली युवतियां, पैठ को छोड़कर, इस तड़क-भड़क को देखने के लिए आकर इकट्ठी हो गईं।

धूप की चमक वैसे भी ज़्यादा थी। पर खुली फिरक में बैठे हुए चंदन के गोरे माथे पर मानो सूरज ही चढ़ा हुआ था। युवतियों के पल्लों के छोर से ढके हुए आधे-आधे मुंह जैसे चंदन की ओर देख-देख उंगलियों को दांतों तले दबा रहे थे।

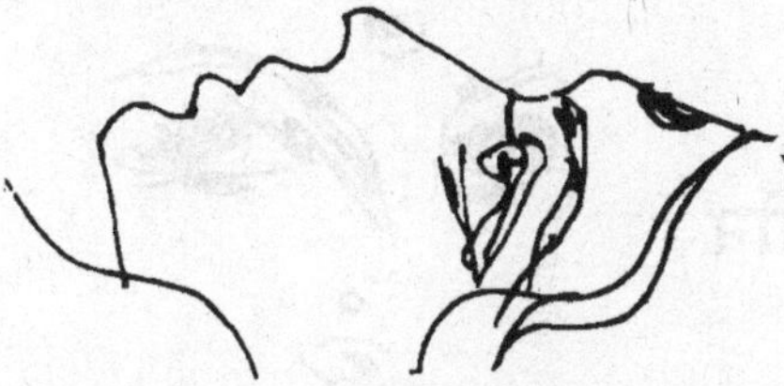

दो

पर कोई नहीं जानता–हरफूरी गांव के एक रख में लड़कियों के साथ मिलकर पेंगे झूलती बेनू ने जब इस लाव-लश्कर को गुज़रते देखा, तो चंदनसिंह को देखकर उसकी जीभ जैसे दांतों के बीच कटकर रह गई। बेनू ने जैसे किसी परी-कथा के राजकुमार को देख लिया हो...

एक घड़ी के लिए उसे लगा मानों उसकी पेंग आसमान पर जा चढ़ी हो और दूसरी घड़ी उसे लगा, मानो वह धरती में गाड़ दी गई हो...

बेनू के झूले को झोटा दे रही उसकी सहेली लौंगवती बेनू के मुंह की ओर ताकती रह गई। लश्कर उसने भी देखा था और इतना सुना भी हुआ था कि मानिकपुर के ठाकुर, जो ब्याह में आने वाले हैं, उनके भी रिश्तेदारों में हैं, ठकुराइन की ओर से, पर जो मलखान और चंदन उसने छोटेपन में देखे थे, उन्हें अब वह पहचान न सकती थी।

और बेनू के मुंह पर जब पीलापन फैल गया, लौंगवती ने चुपके से उसके चूंटी भरी, और झूले को झोटे देते हुए गाने लगी :

"घिर आई सावन की बदरिया
रेशम की डोरी बांध दे सांवरिया..."

पर चंदन की फिरक आगे निकल गई थी, उसने अभी बेनू को देखा नहीं था, न रेशम की डोरी बांधने के लिए उसके हाथों में कुलबुली मची थी। और बेनू, जिसने झूले के मोटे रस्से को हाथों में पकड़ रखा था, हथेलियों को मलते हुए अपने हाथों को ऐसे देखने लगी जैसे कई फांसें एक बार में ही उसके हाथों में चुभ गई हों...

तीन

सब जानते हैं–गांव में जनवासा सजा हुआ था। ठाकुर पृथ्वीसिंह का उतारा गांव की पक्के चबूतरों वाली हवेली में हुआ। जनवासे के रास्ते पर भी पानी छिड़का जा रहा था, और पक्की हवेली के रास्ते पर भी जैसे गांव में दो बरातें उतर रही हों। पांच दिन बरात ठहरनी थी, इसलिए औरतों को पांच दिन बढ़ार गानी थी; पर ठाकुर पृथ्वीसिंह के आने की वजह से खास तौर पर नटनिएं बुलाई गई थीं। हवेली में कभी रूपोश का किस्सा गाया जाता, कभी अमरसिंह राठौर का और कभी आल्हा-ऊदल का। नक्कालों और बेड़िमिनियों का मुकाबला भी बदा गया। और फिर बिरादरी के ठाकुर जंगीसिंह ने, जिनके घर ब्याह था, ठाकुर पृथ्वीसिंह की खातिरदारी के लिए खास तौर पर रेशमचंदा नाम की उस नर्तकी को बुलवाया जिसकी आवाज़ की धूम मची हुई थी। कहते थे–उसका नाज़-नखरा छुरी की तरह सीने में उतर जाता था।

और सब जानते हैं–जब रेशमचंदा ने हरे चने के रंग के रेशमी दुपट्टे को ओढ़कर फेरा लिया और ठाकुर पृथ्वीसिंह के आगे बेंत की भांति दुहरी होकर उसने गीत के बोल उठाए :

"पिछवारे से बोल सुनाए रसिया
मैं तो अधर धरी पलंगा पर..."

तो ठाकुर पृथ्वीसिंह के शरीर में व्याकुलता छा गई।

रेशमचंदा ने नाक में हीरे की बाली पहनी हुई थी, जिसकी चमक गैस की रोशनी को मद्धिम कर रही थी। ठाकुर पृथ्वीसिंह की आंख वहीं थम गई।

वह गा रही थी :

"जब मोरे रसिया चौखट आएउ
भूंक पड़ी बैरन कुतिया...
जब मोरे रसिया सेजन आएउ
टूट पड़ी बैरन खटिया..."

और सब जानते हैं–ठाकुर पृथ्वीसिंह ने उस समय अपने एक विश्वासी कारिन्दे के कान में कुछ कहा था। हवेली में तो जैसे सारा गांव जुटा हुआ था–सारे बैरन कुतिया जैसे—और ठाकुर पृथ्वीसिंह इस समय रेशमचंदा की चौखट पर नहीं जा सकते थे। पर सयानी आंखों ने ताड़ लिया था कि आज नहीं तो कल, कल नहीं तो परसों, ठाकुर पृथ्वीसिंह रेशमचंदा की चौखट पर ज़रूर चढ़ेंगे।

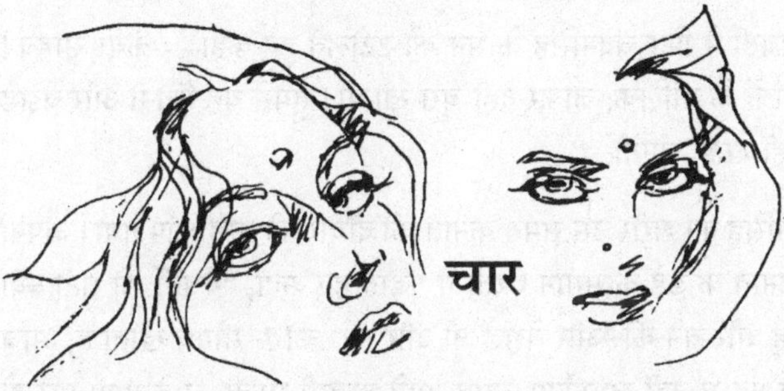

चार

'पर कोई नहीं जानता–लौंगवती ने ठकुराइन के साथ रिश्तेदारी का जोड़-तोड़ तो लगा ही लिया था, बेनू की खातिर उसने रिश्ते में भाई लगने वाले चंदनसिंह से भी बोल-चाल गांठ ली थी, और आते-जाते चंदनसिंह की आंखों में बेनू की चमक डलवा दी थी। पर चंदनसिंह जब बेनू से बात करने के लिए उत्सुक हुआ था, तब लौंगवती ने बेनू को पीछे खींच लिया था। लौंगवती ब्याही हुई थी, बेनू से ढाई बरस बड़ी भी थी, पर ये छोटे-से ढाई बरस उसे बेनू से कहीं ज्यादा अनुभवी बना गए थे। उसने चंदनसिंह के चंचल हो रहे मन को देख लिया था, पर वह नहीं चाहती थी कि छुरी एक बार में ही पार हो जाए। चंदन साधारण घर का हो, तो और बात थी, पर वह कुंवर चंदनसिंह था। साधारण जवानी एक ही राह पर पैर रखती है, पर अमीरज़ादों की जवानी एक ही पैर को सात राहों पर रखती है। और वैसे भी लौंगवती सोचती थी—किसी घाव की इतनी पीड़ा नहीं होती जितनी गड़े हुए कांटे की।

और फिर जब एक दिन दोपहर के समय बरात खाना खाने बैठी थी, औरतें गा रही थीं—'अब तो बैठ गई ज्योनार जनकपुरी के आंगन'–तो चंदनसिंह ने लौंगवती का पल्ला खींचकर उसे कनात की ओट में करके पूछा था, "वह कहां है?" और

लौंगवती ने होंठों की हंसी को दबाकर पूछा था, "वह कौन?"

पर सवालों का लंबा खेल खेलने का समय नहीं था, चंदनसिंह की पोर में गड़ा हुआ कांटा उसके सारे हाथ को तड़पा रहा था। उसने तड़पते हुए हाथ से लौंगवती का हाथ मरोड़ा—"रिश्ते की बहन नहीं, धर्म की बहन बना लूंगा तुझे, उसे बुला दे।"

लौंगवती ने फिर चंदनसिंह के मन को टटोलते हुए कहा—"कुंवर साहब! तुम सात गांवों के मालिक, जाकर दही-बूरा खाओ! तुमसे यह गैंचनी और बेझड़ की रोटी नहीं खाई जाएगी..."

चंदनसिंह का शरीर उस समय कनात की दीवार की तरह कांप गया। अपना पैर उसने कनात के डंडे के समान धरती में गड़ाते हुए कहा, "गैंचनी की रोटी क्या होती है–गेहूं और चने की–और बेझड़ जौ और मटर की?–सौगंध खाता हूं, आज से दही-बूरा मुंह से नहीं लगाऊंगा...अब आगे तुम्हारी मरज़ी, चाहे भूखा मार दो चाहे..."

लौंगवती सिर्फ वर्तमान का ही नहीं सोच रही थी, वह दूर की बातें पक्की कर रही थी। बोली, "तुम लोगों के खेल न्यारे होते हैं, कुंवर साहब! बड़े ठाकुर साहब को, हाथ लगाने से मैली होने वाली ठकुराइन मिली, पर तब भी सुना है, उनकी रखैलों का अंत नहीं है, और अब सुना है–उन्होंने रेशमचंदा को अपने मानिकपुर आने की साई दी है..."

यह बात लौंगवती की जगह किसी और के मुंह से निकली होती तो, चंदनसिंह को लगा, वह शायद बंदूक तान लेता, पर इस समय जैसे उसकी अपनी बंदूक का मुंह उसकी अपनी छाती की ओर था, और हाथों में उसका मुंह मोड़ने की शक्ति नहीं थी। सिर नीचा किए कहने लगा, "महुआ नदी यहां से कितनी दूर बहती है?"

लौंगवती ने अभी जवाब नहीं दिया था कि चंदन कहने लगा, "उसका जल गंगा जैसा पवित्र है, चलो, वहां ले जाकर उसके जल की सौगंध खिला लो..."

लौंगवती ने फिर बात का रुख मोड़ा, "सुना है, कुंवर साहब ! तुम मगरमच्छ का शिकार भी कर सकते हो, और दस फुट के मगर का शिकार तो सुना हुआ था, पर तुमने सत्रह फुट के महारी मगरमच्छ का शिकार किया है, और उसकी खाल तुम्हारी मानिकपुर वाली हवेली की दीवार पर टंगी हुई है..."

चंदनसिंह लौंगवती की लंबी बातों से थक चुका था। कहने लगा, "पर आज तो मगरमच्छ का शिकार तुम कर रही हो, मेरी खाल उतारकर किस दीवार पर टांगोगी ?"

लौंगवती सिर के पल्ले को दांतों के बीच लेकर हंस पड़ी। कहने लगी, "वह जो तुम्हारी लगती है, जब उसकी डोली चलेगी, उसे दहेज में दूंगी..."

चंदनसिंह गंभीर हो गया। कहने लगा, "पर उसकी डोली तो मेरे घर आएगी..."

लौंगवती को भी उस घड़ी लगा–शायद अनहोनी होनी हो जाए—और मन का संशय मिटाने के लिए पूछने लगी, "ठाकुर होकर खत्रियों के दरवाज़े ब्याहने आओगे ?"

चंदनसिंह ताव में आकर कह उठा, "वह अहीरन-चमारन हो तब भी आऊंगा..."

और लौंगवती ने हामी भरी, "अच्छा, फिर ज़रा कुछ धूप-ढले गांव के बाहर वाली आम की बगीची में आ जाना...तालाब वाली बगीची में।" और लौंगवती ने अपने जी के डर को अपने दांतों के बीच दबाकर कहा, "पर एक बात का ध्यान रखना, तुम हुए गांव के जागीरदार, उसे मालगुज़ारी मत समझ बैठना !..."

चंदनसिंह हंस दिया, "सुना था, लोग चंदन को रगड़कर माथे पर लगाते हैं, पर तुम तो मुझे ही रगड़कर मेरे माथे पर लगा रही हो। अच्छा, वचन पूरा करोगी न ?"

लौंगवती भी नरम पड़ गई। कहने लगी, "करूंगी, तुम्हें धर्म का भाई जो कह चुकी हूं..."

और कोई नहीं जानता–उस दोपहर को जब बरात का खाना हो गया, और

दोपहर काटने के लिए जनवासे की चारपाइयों पर खेस और दुतहियां बिछ गईं, तो सूने रास्ते पर होती हुई, लौंगवती बेनू का हाथ पकड़े उसे आमों की बगीची में ले गई।

बेनू आम की टहनी की भांति कांप रही थी, पर बौर से भी भरी हुई थी। पास ही एक तालाब था, उसके किनारे खड़े होकर अपनी किस्मत की तरह कांपती हुई अपनी परछाईं को देखने लगी...

लौंगवती का मुंह दूसरी ओर था, बाहर गांव की ओर से आती हुई पगडंडी की ओर। उसका खयाल था–चंदनसिंह अभी देर से आएगा, वे दोनों बताए हुए समय से बहुत पहले आ गई थीं–ताकि आगे-पीछे जाते हुए कोई ताड़ न ले...

और फिर बेनू की पानी में कांपती हुई परछाईं में से ही जैसे एक और परछाईं निकल आई–चंदनसिंह, जो इनसे भी पहले आमों की बगीची में आकर बैठ गया था। इन दोनों को आते देखकर कोई पल-भर के लिए एक तने के पीछे खड़ा हो गया था, कि कौन जाने दोनों के पीछे भी कोई आता हो, पर जब दोनों अकेली तालाब के पास आकर खड़ी हो गईं तो थोड़ी देर प्रतीक्षा करने के बाद चंदनसिंह भी दबे पांव उनके पास आकर खड़ा हो गया। लौंगवती का ध्यान परली ओर से आने वाले रास्ते की ओर था, इसलिए उसने पीठ के पीछे खड़े हुए चंदनसिंह को देखा ही नहीं था, और बेनू का ध्यान तालाब के पानी में कांपती हुई अपनी परछाईं की ओर था...

परछाइयां जब दो हो गईं, बेनू समझा जैसे तालाब के पानी में सपने तैर रहे हों...एक पल के लिए उसने आंखें मीच ली जैसे इस सच पर उसे विश्वास न बंध रहा हो...

चंदनसिंह से भी बोला नहीं गया, मानो चुप ने टोना कर दिया हो। अब लौंगवती का ध्यान उधर गया–और चुप का टोना तोड़ने के लिए उसने चंदनसिंह से पूछा, "क्यों बीर! कैसी लगी मेरी सहेली. ?"

चंदनसिंह मुश्किल से कह सका, "तपे हुए सोने की मूरत जैसी।"

लौंगवती मन में खिली थी, पर मुंह से बोली, "फिर वही जागीरदारों वाली बात की न? इसे सोने-चांदी की मालगुज़ारी ही समझ लिया न?"

चंदनसिंह ने आज तक अपनी बंदूक का ज़ोर आज़माया था, पर दिल का ज़ोर नहीं आज़माया था। आज पहली बार उसे अपने दिल के ज़ोर का पता लगा–उसके मुंह से निकला, "मूरत चाहे सोने की हो, और चाहे मालगुज़ारी में मिले, उसे तो पूजा ही जाता है..."

"वाह-वा ठाकुर," लौंगवती हंस पड़ी, "बातें तो ज्ञान की करते हो। मैं समझी थी, सिर्फ बंदूक चलाना ही जानते हो।"

बेनू अभी तक मुंह से नहीं बोली थी, पर लौंगवती से बातें करते हुए चंदनसिंह की आवाज़ उसे लगा, उसके सारे शरीर में से गुज़रकर लौंगवती तक जा रही थी...

लौंगवती ने बेनू को छेड़ा, "यह कुंवर साहब दही-बूरा छोड़कर तेरी गैंचनी की रोटी खाने आए हैं। बावली! इनसे बात तो कर जो भूखे को निवाला मिले..."

और बेनू का सिर और नीचा हो गया। वह आंख उठाकर चंदनसिंह की ओर देख भी न सकी, नीचे तालाब के पानी में उसकी परछाईं देखती रही...

चंदनसिंह ने जो सिल्क का कुरता पहना हुआ था, वह जब हवा में हिलता तो पानी में जैसे बेनू से आ लगता हो और बेनू सारी-की-सारी कांप जाती हो.....

फिर चंदनसिंह ने सचमुच ही अनहोनी को छू लिया। काले डोरे में पिरोया हुआ सोने का तावीज़ अपने गले से धीरे से उतारकर अपनी हथेली पर रख लिया और हथेली बेनू के आगे करके कहने लगा, "यह लो मेरी अमानत, संभालकर रखना, जल्दी ही लेने आऊंगा।"

बेनू ने हाथ आगे बढ़ाया, पर उसका हाथ मानों पानी के तालाब में से निकला हो, ठंडा और कांपता हुआ...

चंदनसिंह के जी में एक बार आया—बेनू का हथेली पर झुका हुआ हाथ हथेली में दबा ले...पर आज लगता था, ईश्वर ने उसे ज़ोर भी दिया था और सब्र भी। वह सिर्फ बेनू की कांपती हुई उंगलियों की ओर देखता रह गया...

लौंगवती ने समय की ओर ध्यान दिलाया तो बेनू ने विदा मांगते हुए तावीज़ को अपने माथे से लगाया, और अनायास ही उसका सिर चंदनसिंह के पैरों की

ओर झुक गया। लौंगवती बेनू की नाक में पड़े हुए बुलाक को देखकर हंस पड़ी। चंदनसिंह से कहने लगी, "नाक का बुलाक पैरों का बिछुआ मांगता है ठाकुर!"

"क्या?" बात चंदनसिंह की समझ में नहीं आई। लौंगवती ने बताया, "बुलाक तो कुंआरी लड़कियां पहनती हैं, बिछुआ ब्याहता। अब समझे ठाकुर?"

बेनू शर्म से ऐसी पानी-पानी हो गई जैसे खुद ही पानी का तालाब हो, और खुद ही तालाब में भीगी हो...

आज लौंगवती आते समय बेनू की सहेली थी, पर जाते समय वह मां जैसी ममता से भर गई। तालाब में दोनों की परछाइयों को देखकर कहने लगी, "दोनों कितने प्यारे लग रहे हो, नील सरोवर की मुर्गाबियों जैसे..."

दो दिन अभी गांव में और ठहराव था। चंदनसिंह ने और बेनू ने एक-दूसरे को दूर से कई बार देखा, पर मन और तड़प उठा, प्यास और भड़क गई।

और जिस दिन ठाकुर पृथ्वीसिंह का लाव-लश्कर लौटने की तैयारी करने लगा, चंदनसिंह ने लौंगवती को खोजकर उससे मिन्नत की, "उस संखचील को एक बार तो दिखला दो।"

लौंगवती हंसते-हंसते दुहरी हो गई, "अच्छा! अब उसका नाम संखचील रख दिया है?"

चंदनसिंह का मन मोह में बंधा हुआ था। कहने लगा, "अब सफर पर जाना है न...और संखचील को देखना शगुन होता है..."

"अच्छा, अपने ही शगुन मनाते हो," लौंगवती को छेड़छाड़ सूझ रही थी। पूछने लगी, "पहले यह बताओ, वह संखचील है या नील सरोवर की मुर्गाबी?" और फिर साथ ही कहने लगी, "चलो, कुछ भी हो, पर किसी दिन बंदूक चलाकर उसे मार न डालना, बड़े शिकारी साहब!"

—और जाते-जाते चंदनसिंह का हाथ मरोड़ गई, "घूमने-फिरने के बहाने उधर

चमारों के कुएं की तरफ आ जाओ, मैं तुम्हारी सफेद पंखों वाली संखचील को लेकर अभी आती हूं।"

और कोई नहीं जानता–जब चमारों के कुएं के पास चंदनसिंह से बेनू मिली, वह बेनू का हाथ पकड़कर सारे समय गुमसुम-सा खड़ा रहा, न वह आज की बातें उससे कर सका, न कल की।

पांच

सब जानते हैं–जिस दिन रेशमचंदा के नाच की अंतिम रात थी, उस दिन उसके तीर-तरकश ठाकुर पृथ्वीसिंह की ओर से मुंह मोड़कर छोटे ठाकुर मलखानसिंह के दिल को निशाना बनाते रहे।

मलखानसिंह को संगीत का शौक शुरू से था–और शुरू में एक और भी शौक था–कुश्ती का, जिससे उसने अपना शरीर कमाया था। संगीत के बढ़ते शौक के साथ उसका दूसरा शौक धीरे-धीरे मंद पड़ गया था, पर भरपूर जवानी के कसे हुए बदन में ज़ोर और जुर्रत रची हुई दिखाई देती थी।

और रेशमचंदा, सारी खोज-खबर निकालकर, उस अंतिम रात को अपनी तमाम अदाएं मलखान पर न्योछावर करती रही—

यहां तक कि बड़े ठाकुर के सामने कुहनियों तक वह कांच की चूड़ियां छनकाती, फिर एक अदा से इस तरह बांहें छुड़ाती थी जैसे सामने से किसी ने कसकर पकड़ ली हों, और फिर मलखानसिंह की तरफ हाथ से इशारा करते हुए

गाती रही थी :

"लो मेरा ते दंगलिया दावेदार।
जी मोरी छोड़ दो कलइयां..."

दर्शक नर्तकी की अदा पर कुर्बान भी होते रहे थे, और ऐसे सीधे इशारों पर हंसते भी रहे थे।

मलखानसिंह तो तन-मन से साधु स्वभाव का था। भले ही शिष्टाचार के नाते रोज़ महफिल में आ बैठता था, पर न वह यह सब कुछ देखता था, न उसे कुछ छू पाता था।

हां, बड़े ठाकुर ने ज़रूर अपने मन की चीस को पी लिया, और चाहे इसे 'रंडी का नखरा' कहकर–बात को हंसी में गंवा दिया था, पर मन में एक चोट-सी खा ली थी।

ठाकुर पृथ्वीसिंह मानिकपुर लौटे, तो मन में रेशमचंदा के लिए एक कसक लेकर। वैसे वह जानते थे, साई दी हुई है, सो जल्दी ही किसी दिन रेशमचंदा का डेरा यहां आ उतरेगा। पर ठाकुर पृथ्वीसिंह को इतने से ही संतोष नहीं हो रहा था। उनके मन में आता था–एक गांव उसके नाम कर दूं, और फिर वह कभी किसी और के दरवाज़े पर न जाए। यह बात अभी उन्होंने सात पर्दों में रखी हुई थी, सिर्फ अपने विश्वासपात्रों के कानों में डाली थी, लेकिन फिर भी यह बात बाहर निकल गई थी, ऐसा लगता था। विश्वासपात्रों ने ही बताया था कि एक कुएं पर बैठे हुए लोगों ने उन्हें गुज़रते हुए ताना दिया था। ठाकुर पृथ्वीसिंह ने जवानी के ज़माने में कभी ठकुराइन की ओर से भय नहीं खाया था, पर अब जब बेटे जवान हो गए थे और ठकुराइन दो मर्द बेटों की मां हो गई थी, वह ठकुराइन से कुछ भय खाने लगे थे।

हंसा, मोती यूं तो घोड़ों के नाम थे, पर मलखानसिंह और चंदनसिंह की भाइयों की जोड़ी को भी लोग हंसा-मोती की जोड़ी कहते थे। लोग पृथ्वीसिंह से भय खाने के कारण उन्हें सलाम करते थे, पर मलखान-चंदन को लोग प्यार से छोटे ठाकुर भी कहते थे, कुंवर साहब भी, और हंसा-मोती भी। और ठाकुर पृथ्वीसिंह को हवा के इस बदलते हुए रुख का कुछ भान था...पूरी दो पीढ़ियों से ठाकुर पृथ्वीसिंह की

और यादवों के चौधरी भूपसिंह की लगती आई थी। दोनों की गाड़ियों के बीच एक नदी पड़ती थी, जिस पर जिसका ज़ोर चलता, बांध बना लेता, और पानी का मुंह मोड़कर दूसरे के खेतों को बर्बाद कर देता। पर पिछले कई वर्षों से ठाकुर पृथ्वीसिंह का हाथ ऊपर रहा था, इसलिए चौधरी भूपसिंह की ओर से कुछ चुप्पी प्रतीत होती थी। पर देखने में जो अमन-चैन था, ठाकुर पृथ्वीसिंह को यह भी मालूम था कि किसी भी दिन वह लावे की तरह फूट सकता था।

यूं तो ठाकुर पृथ्वीसिंह का यह भय उस समय से बहुत छा गया था जब से अंग्रेज़ कलक्टर के ज़ोर पर एक थानेदार ने खुलेआम गांव में कहा था, "मैं ठाकुर पृथ्वीसिंह को सलाम करने क्यों जाऊं! साले की गरज़ होगी तो खुद आएगा।"

और एक दिन चौंसठ फेर वाली पगड़ी वाले ठाकुर पृथ्वीसिंह ने अपने कारिन्दों को भेज़कर थानेदार को गढ़ी में खाने का निमंत्रण देकर बुलवाया था, और आसन पर बिठाकर अपने सेवकों से कहा था, "दारोगाजी की खिदमत करो!" और सेवकों ने थानेदार को रस्सियों से बांधकर उसके आगे घास डाल दी थी खाने के लिए और उस समय तक उसकी रस्सियां नहीं खोली थीं, जब कब उसने मुंह नीचा करके डलिया में पड़ी हुई घास में से दो तिनके मुंह में उठाकर नहीं चबाए थे। और बात जब अंग्रेज़ कलक्टर तक पहुंची थी, उसने ठाकुर पृथ्वीसिंह से बैर पालने के बजाय थानेदार की वहां से बदली करवा दी थी।

और उसके बाद पीठ के पीछे बुरा-भला कहने वाले चौधरी भूपसिंह के एक आदमी को पकड़कर जब ठाकुर पृथ्वीसिंह के आगे हाज़िर किया गया तो उसके दोनों हाथ पीठ के पीछे बंधवाकर, और कड़ी वाली पंसेरी उसकी चोटी से बंधवाकर, ठाकुर पृथ्वीसिंह ने उसे चौधरी भूपसिंह की तरफ रवाना कर दिया, तब भी चौधरी भूपसिंह की तरफ से कोई मिनका तक नहीं था।

पर इतने दबदबे के बावजूद अब ठाकुर साहब को हवा का रुख वैसा नहीं मालूम होता था जैसा पहले था। बहुत करके इसलिए कि मलखानसिंह तो यूं भी साधु स्वभाव का था, और छोटा लड़का चंदनसिंह भले ही बंदूक लेकर जंगलों में फिरने का शौकीन था, पर बड़े ठाकुर के कदमों पर चलने वाला वह भी दिखाई न देता था।

और फिर यह चिंता एक दिन ठाकुर पृथ्वीसिंह का लहू खौला गई।

वह शाम के खाने-पीने के बाद पान का बीड़ा लेकर अपने मुंह-लगे साथियों के साथ ताश खेलने के लिए बैठे थे कि उनके निजी सेवक ने आकर धीरे से कुछ कहा।

ठाकुर ने साथियों को विदा कर दिया, और अकेले में सेवक से फिर पूछा, "क्या कहा है? रेशमचंदा का आदमी उसका खास संदेशा लेकर आया है?"

"जी हां! हुकम हो तो हाज़िर करूं..."

ठाकुर पृथ्वीसिंह ने कुछ सोच में पड़कर पूछा, "कोई रुक्का लाया है?"

"जी नहीं, ज़बानी अर्ज़ करना चाहता है।"

ठाकुर साहब ने फिर ताकीद से पूछा, "तुम उसे पहचानते हो? उसी का आदमी है, कोई और तो नहीं?"

सेवक ने बताया, "जी हां, वही तबलची है, जिसे अपने हरफूरी की हवेली में नाच के वक्त देखा था..."

"अच्छा, अंदर ले आओ, पर सामने के दरवाज़े से नहीं। मलखान और चंदन बाहर की बैठक में हैं?"

"जी, सरकार!"

"तबेले वाले रास्ते से लाओ।"

रेशमचंदा का तबलची जब सेवक के साथ अंदर ठाकुर पृथ्वीसिंह के हुजूर में आया, ठाकुर साहब को प्रणाम करके, हाथ बांधकर खड़ा हो गया।

खामोशी लंबी हुई तो ठाकुर साहब ने ही पूछा, "हां भई, क्या पैगाम है?"

उसने हाथ बांधे हुए ही कहा, "हुज़ूर! जान-बख्शी हो तो अर्ज़ करूं?"

ठाकुर पृथ्वीसिंह ने कहा कुछ नहीं, सिर्फ आंख उठाकर उसकी ओर देखा, पर निगाह ऐसी थी कि सामने खड़े हुए आदमी को सिर से पैर तक पसीना आ गया।

उसने कुछ हकलाते हुए कहा, "सरकार! छोटा मुंह बड़ी बात है, जान-बख्शी हो तो..."

ठाकुर साहब ने बेसब्री से कहा, "हां-हां, जान बख्शी, जल्दी बोलो!"

उसने, कांपते हुए, जेब में से एक सौ एक रुपये निकाले और झुककर ठाकुर के पैरों के आगे धरती पर रखकर कहा, "बेगम साहिबा ने कहा है कि बंदी खिदमत में हाज़िर नहीं हो सकेगी।"

ठाकुर साहब ने समझ लिया कि ये वही साई के एक सौ एक रुपये हैं जो रेशमचंदा ने लौटाए हैं।

ठाकुर साहब के मन में बात खटक गई, पर पक्के तौर पर जानने के लिए पूछा, "क्यों, क्या बेगम की तबीयत नासाज़ है?"

"जी नहीं..." और आगे कुछ कहने से पहले वह डर के मारे पीछे को हो गया।

"फिर? ये रुपये कम हैं?" ठाकुर जानते थे कि यह बात नहीं थी, पर उसके मुंह से सच बात कहलवा लेने के लिए उन्होंने इस तरह कहा।

"जी नहीं..." उसने फिर कहा, और फिर साहस बटोरकर जल्दी से कह दिया, "चौधरी भूपसिंह ने बेगम को एक गांव देकर हमेशा के लिए खिदमत में रख लिया है, इसलिए मजबूरी है..."

यह शायद पृथ्वीसिंह के जीवन में पहला दिन था जब इस तरह अपनी आज्ञा का पालन न होना उन्होंने देखा, साई में दिए हुए रुपये इस तरह लौटते देखे, और ऐसा पैगाम, जो सख्त गुस्ताखी के समान था, अपने कानों से सुना।—

और इस पर भी–सामने खड़े हुए आदमी की जान बख्श दी।

वह आदमी चला गया, पर ठाकुर पृथ्वीसिंह का सुख-चैन भी उसके साथ चला गया।

ठाकुर पृथ्वीसिंह को अब रेशमचंदा की परवाह नहीं रही थी, परवाह थी इस बात की कि चौधरी भूपसिंह ने उन्हें नीचा दिखाने के लिए यह किया था

और रेशमचंदा से साई के रुपये लौटवाकर, इलाके में उनकी तौफीक की तौहीन की थी...

उस रात मखमल का बिछौना ठाकुर साहब को शूलों की सेज की भांति चुभता रहा...

और सवेरे तड़के, रात को पानी में भीगे हुए बादामों की गिरी छीलकर, जब रोज़ की तरह उन्होंने कलेवा किया, उनकी एक दाढ़ में पीड़ा होने लगी।

शराब में भिगोकर रुई का फाहा जब उन्होंने दाढ़ पर रखा, तो छाती में एक चीस-सी उठ खड़ी हुई कि–जवानी अब दगा देने लगी थी...

यह पीड़ा ठकुराइन के साथ नहीं बांटी जा सकती थी, और बेटों की ओर से भी ठाकुर पृथ्वीसिंह को किसी तरह की हिमायत की उम्मीद नहीं थी। सो, उन्होंने अपने कारिन्दों से ही बात चलाई और चौमासे की नदी पर बांध बनवाकर पानी का मुंह चौधरी भूपसिंह के गांव की ओर करके रातोरात उसके खेत बर्बाद करवा डाले...

छह

पर कोई नहीं जानता–हरफूरी गांव के एक पेड़ में पेंगें झूलती बेनू के मन पर क्या बीत रही थी, जिस समय उसकी सहेलियों ने मल्हार छेड़ा था –

"छेओला फूलो रे–छेओला फूलो रे...
लाल फुलन के रंग में तू रंग ले चुनरिया
तू रंग ले उमरिया

तेरा कान्हा कन्हैया-सा दूल्हो रे...
छेओला फूलो रे...
पत्तियन चिलोर की तू झुमका बनाय ले
सैयां रिझाय ले
तिन्दुआ के पेड़ झूला झूलो रे...
छेओला फूलो रे...”

सेमल के पेड़ आग के रंग के फूलों से लदे हुए थे–दर्शक के मन में भी आग-सी लगाते। उसे ही गांव वाले छेओला कहते थे, जो पानी में भी आग लगाता हुआ प्रतीत होता था।

बेनू ने चंदनसिंह का तावीज़ भले ही अपनी कुरती में छिपा रखा था, पर उसे हाथ से टटोलती तो कांप उठती–मानो उसका कुंआरा शरीर चंदनसिंह से छू जाता हो...

लौंगवती आजकल ससुराल थी। चौमासे में आने वाली थी, पर जब तक नहीं आती बेनू के पास अपने मन की बातें करने के लिए वही गूंगा तावीज़ था जो चंदनसिंह उसके पास अमानत के तौर पर रख गया था।

और तो और, उड़ती हवा भी कोई खबर नहीं लाती थी...

उस दिन बेनू ने भी, और बाकी लड़कियों ने भी, सचमुच चिलोर की पत्तियों के गुच्छे तोड़े जिनके हरे नरम रंग में बीजों के गाढ़े रंग नगों की सी झलक मारते थे, और धागों से वे गुच्छे बांधकर उन्होंने कानों में पिरो लिए। सबने झुमके पहन लिए। पर कुंआरे सपने में जो सैयां होता है, वह आंखों के सामने तो नहीं होता। सो, कौन रिझाए और किसे रिझाए! बेनू के मन में उदासी की घनी घटा छा गई।

चंदनसिंह से उसे कोई शिकायत नहीं थी, पर वह आंखों के सामने दिखाई नहीं देता था, यही उसका दोष था। बेनू का मन उलाहने से भर गया, और चंदन का मिलन उसे छलावे जैसा लगने लगा, यूं ही सा, एक ऋतु का मेला...

उस रात अंधेरे की चादर में बेनू ने तुक जोड़ी, “तू तो है सैयां चौमासे का

पानी, मैं तो भर-बहती नदिया रे..."और आंचल में मुंह ढककर बेनू बहुत रोई। लगा–उसे सचमुच, हमेशा के लिए, भर-बहने वाली नदी का शाप लग गया था।

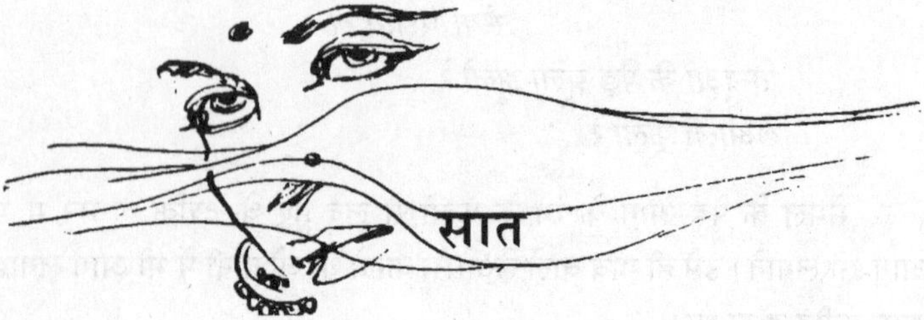

सात

सब जानते हैं—चौधरी भूपसिंह के पांच भाई थे–छन्नूसिंह, चूड़ामन, शिशुपालसिंह, अनेकसिंह और करनसिंह। और जब से ठाकुर पृथ्वीसिंह ने नदी पर बांध लगाकर उनके खेतों को बर्बाद करवाया था, वे तब से सांपों के डंक की तरह किसी ताक में फिरते थे।

एक दिन उन्होंने सुना-ठाकुर पृथ्वीसिंह गढ़ी में अकेले हैं, मलखानसिंह अपने संगीत के गुरु के साथ किसी संगीत-सभा में गया हुआ है, और चंदनसिंह जंगल में शिकार खेलने। उन्हें मलखानसिंह का डर नहीं था, सिर्फ चंदनसिंह का डर था। मलखानसिंह यूं तो हाथ-पांव का इतना तगड़ा था कि कई आदमियों से एकसाथ निबट सकता था, पर चंदनसिंह के निशाने की मार से बचना आसमान में थेगली लगाने के समान था। और इसलिए आज वे चंदनसिंह की अनुपस्थिति में कौड़ियाले सांपों की तरह चलते हुए ठाकुर पृथ्वीसिंह की गढ़ी के पास आकर बैठ गए...

उधर चंदनसिंह यूं तो दूर जंगल में निकल गया था, और पसिया जाति के छोटे-छोटे लड़के उसके पीछे मारे हुए शिकार को उठाने के लिए दौड़ रहे थे, पर उसे कोई कायदे का शिकार नहीं मिला था।

आखिर में उसने एक पाड़े के गोली मारी, जिसका मांस उसके किसी काम का नहीं था, पर गांव से भागते हुए आने वाले लड़कों को खुश करने के लिए उसने पाड़े का शिकार किया।

पाड़े का खुश्क मांस सिर्फ पसिया जाति के लोग खाते हैं।

लड़कों ने लहू के निशान खोजकर पाड़े को ढूंढ़ लिया, पर दौड़कर पीछे लौट आए, "कुंवर साहब! पाड़ा नहीं मरा, सिर्फ चुटैल है।"

चंदनसिंह ने उनके साथ जाकर पाड़े को दूसरी गोली मारी। वह घायल होकर एक जगह गिरा तड़प रहा था, पर अभी तक मरा नहीं था। चंदनसिंह उसे लड़कों के हवाले कर खुद वापस लौटने लगा।

लड़कों में से एक ने आवाज़ दी, "ठाकुर! झील के किनारे चलो, नील सरोवर की मुर्गाबियां आई हुई हैं..."।

चंदनसिंह ज़ोर से हंस पड़ा, "नहीं, नहीं, नील सरोवर की मुर्गाबियां नहीं मारते," और हंसता हुआ घोड़े पर सवार हुआ और एड़ी मारकर वापस लौट गया।

इधर गढ़ी का जो दरवाज़ा साथ लगे हुए अस्तबल में भी खुलता था, जहां हंसा-मोती बंधे रहते थे, चौधरियों ने उधर का रुख किया। उन्हें मालूम था कि आज हंसा को मलखान ले गया है, और मोती को चंदन, पर यह मालूम नहीं था कि संगीत-सभा में गुरु के अचानक पीड़ा हो उठने के कारण, सभा भंग कर दी गई थी, और मलखान संगीत-सभा से लौट आया था।

वे पांचों जब हाथों में भाले लेकर गढ़ी के तबेले में से गुज़रने लगे, उन्हें सामने मलखान खड़ा हुआ दिखाई दिया। यह यूं तो अचानक ही हुआ था, लेकिन उन्होंने मलखान को संभलने का मौका नहीं दिया, पांचों उस पर टूट पड़े...

और सब जानते हैं कि–जब अचानक चंदनसिंह शिकार से जल्दी लौट आया और तबेले में घोड़ा बांधने गया, वहां लहू की धारें बह रही थीं। मलखानसिंह एक घायल देव के समान तबेले की दीवारों से टकराता पांचों से लोहा ले रहा था, लेकिन उसका सांस टूट रहा था। चंदनसिंह की बंदूक की गोली जिस समय पांचों में से एक की पीठ में धंसी तो चीखें मारते हुए पांचों बाहर की ओर दौड़े। पर चंदन के हाथ में बंदूक थी, वे उसकी मार से बहुत दूर नहीं जा सकते थे। और मिनटों में ही यह घटना घट गई कि पांचों की लाशें दूर-पास की मिट्टी के ढेरों की भांति गिर पड़ीं।

गांव में अभी बात फैल भी नहीं पाई थी कि चंदनसिंह ने मलखान को चारपाई पर डलवाकर, साथ में माता-पिता को लिया, और चारपाई सीधी थाने में रखवाकर, मलखान को पास के शहर के हस्पताल में भेजने की ताकीद करके, खुद घोड़े को एड़ लगाकर हवा हो गया।

पुलिस के कागज़ों में जब तक कार्रवाई दर्ज हुई, चंदनसिंह खादर पार करके ढाक के जंगल में पहुंच चुका था।

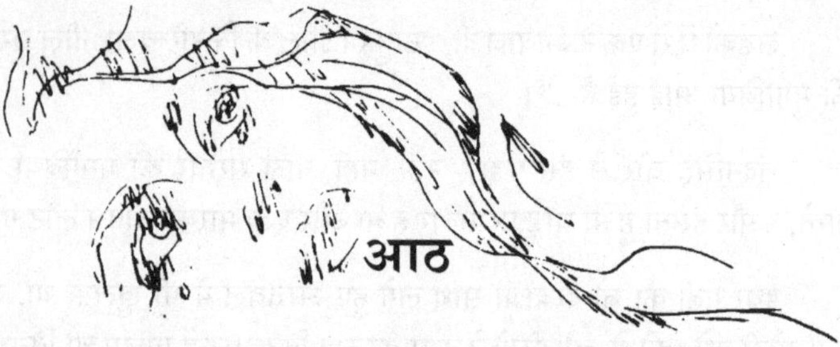

आठ

पर कोई नहीं जानता–जंगल की आग की तरह जब यह खबर बेनू तक पहुंची, वह दीवारों के गले लगकर कितनी रोई।

कुआंरी बेटी का रुदन माता-पिता के अन्तर को चीर गया पर दूसरे कानों को खबर न हुई।

सिर्फ कुछ दिन बाद लौंगवती हाथ मलते हुए आई, और बेनू को, जो प्याज़ के छिलके जैसी हो गई थी, छाती से लगाकर रोने लगी।

बेनू का एक ही विलाप था, "यह तावीज़ उसकी अमानत थी, उसने मेरी खातिर अपने गले में से उतार दिया। अगर यह उसके गले में होता तो उसपर यह संकट न आता..."

लौंगवती बेनू के लिए चंदनसिंह का भेजा हुआ संदेशा लाई थी, खत-पत्तर नहीं था, सिर्फ मुंह-ज़बानी, जो कोई, न जाने कौन, भरी दुपहरी में उसका दरवाज़ा खटकाकर कह गया था कि ज़रूरत पड़ी तो चंदनसिंह ने पांच आदमी मारे हैं, पर नील सरोवर की मुर्गाबी नहीं मारी...

लौंगवती ने जब यह बताया, बेनू का कलेजा मुंह को आ गया, एक पछतावा-सा आया। 'अरे पागल! तुम बेवफा निकलते तो मैं दिल पर पत्थर रख लेती, पर अब कैसे भूलूंगी।'

और कोई नहीं जानता–रात के पिछले पहर बेनू नंगे पांव देवी के मंदिर में गई और चंदनसिंह के तावीज़ को उसने देवी के चरणों से छुआकर चंदनसिंह के सिर की खैर मांगी।

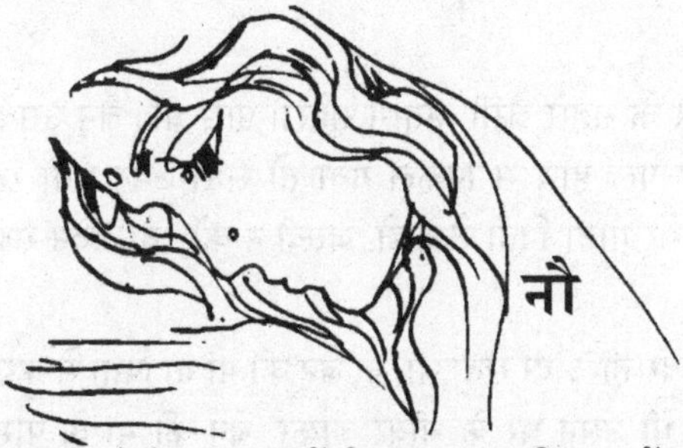

नौ

सब जानते हैं–पांच लाशें जिस समय मानिकपुर में उठीं, चौधरी भूपसिंह की गढ़ी में लोगों की आंखों में खून उतरा हुआ था।

पुलिस ने मलखानसिंह को शहर के अस्पताल में पहुंचा दिया था, पर ठाकुर पृथ्वीसिंह को और ठकुराइन को लौटकर गढ़ी में नहीं जाने दिया था। मालूम था कि–ये चौधरी भूपसिंह के आदमियों के हाथों कतल हो जाएंगे। इसलिए रामपुर शहर में जहां ठाकुर की अपनी शहरी कोठी थी, वहां पुलिस की रखवाली में भेज दिया, जहां पुलिस के दो आदमी दिन में पहरे पर होते और दो रात में पहरे पर।

चंदनसिंह का अभी सुराग नहीं लगा था। खादर से छोइया नदी के किनारे से, जहां से आगे ढाक का जंगल शुरू होता है, उसका घोड़ा मिल गया था, पर इसके आगे चंदनसिंह का निशान नहीं मिला था।

मलखानसिंह के सिर में सात टांके लगे थे, और अभी तक वह होश में नहीं आया था। अस्पताल के बाहर भी पुलिस के आदमी थे, सफेद कपड़ों में, कि शायद चंदनसिंह रात-विरात अपने भाई का हाल देखने आ जाए।

और पुलिस ने चंदनसिंह के हुलिए की सूचना हर जगह दे रखी थी...

दस

पर कोई नहीं जानता कि–आग के धुएं से बचने के लिए बेनू का पिता जब बेनू के लिए रातोरात रिश्ता खोजने चला तो बेनू की छाती से कैसी लपट निकली थी...

ईश्वर दूर था, पर ईश्वर के सहारे जैसी अंतरंग सहेली पास थी। बेनू उसके सामने बिलखने लगी—"एक पल हाथ से निकल गया तो सारी उमर रोती रह जाऊंगी। हाय मेरी किस्मत ! मेरे माता-पिता से कहो, जल्दी न करें, चार दिन सब्र करें..."

लौंगवती का जी भी अंदर-ही-अंदर रोता था, पर बेनू की मां या पिता से कुछ कहती तो क्या कहती। फिर भी उसने घर के भीतर जाकर, बेनू की मां के पास बैठकर, मां की ममता वाली नरम जगह पर हाथ रखा। कहा, "मौसी ! मैं तो हूं अनजान, कैसे कहूं। तुम खुद सयानी हो, तुम खुद ही समझ लो। बेनू को मन का आदमी न मिला तो सारी उमर गीले उपले की तरह सुलगेगी, फिर धुआं तो तुम्हारी आंखों को भी लगेगा..."

मां ने मुंह खोलकर बेनू से कुछ पूछा नहीं था, पर जब से मानिकपुर वालों की खबर आई थी, लड़की को दीवारों से लग-लगकर रोते देखकर 'जले कर्मों' का अंदाज़ा लगा चुकी थी।

आज लौंगवती ने मुंह खोला तो वह भी मन की भड़ास निकालने लगी, "पहले मुझे यह बता, सयानी...कि उसके मन में यह आग कैसे लगी, किसने लगाई ?"

लौंगवती ने, जितना उसके जिगरा था, पूरा लगाकर कहा, "मौसी ! यह मैं तुम्हें बताऊं ? यह तो वेद-कतेब लिखने वालों को भी पता नहीं लगा कि मन की आग कैसे लगती है। बस ब्याह में आए हुए चंदनसिंह को देखकर बेनू ने उसे मन में अपने मन का मर्द मान लिया।"

मां के मन में कई शंकाएं उठीं, पर सब कुछ जानने के लिए उसने ठंडे जी

से पूछा, "पर कहां हम, और कहां वह राजाओं जैसे ठाकुर, लड़की ने कैसे सोच लिया कि वह आसमान में थेगली लगा लेगी?"

स्वाभाविक रूप से लौंगवती के मुंह से निकला, "मौसी! जब दिल आते हैं तो राजाओं की बेटियां फकीरों के घर जा बसती हैं, और राजाओं के बेटे कम्मियों-कमीनों की बेटियां ब्याहकर ले आते हैं।"

मां को बात कुछ भेदभरी लगी। पूछने लगी, "तो चंदनसिंह ने हामी भर ली थी? वह कहां छिपकर लड़की से मिला था?"

लौंगवती संभल गई। कहने लगी, "नहीं, कहीं नहीं, मौसी! वह तो दूर का दर्शन था..."

मां कुछ ठंडी हुई। कहने लगी, "फिर तुम लड़कियो, झूठमूठ हवा में क्यों पत्थर मारती हो? दूसरे के घर का न कुछ पता न खबर, और इसने जो तेरी कुछ लगती है, घर बैठे ही उसके लिए जयमाला पिरो ली?..."

"नहीं, मौसी! यह बात तो नहीं," लौंगवती ने कुछ दबते हुए कहा, "यह तो उसके मुंह से भी दिखता था।" पर फिर बात बदलते हुए कहने लगी, "दिल को भी दिल से राह होती है। अगर इसके मन में कोई सेंक है तो वह उसे भी लगना ही था...जब उसे पता चलता, खुद ही उसका दिल आ जाता। पार्वती ने भी तो तप करके शिवजी को पाया था..."

मां एकाएक गरम हो उठी, "वह बड़ी पार्वती बनती है, पहले शिवजी तो ढूंढ़ ले। उसे शिवजी कहते शर्म नहीं आती जिसके माथे पर पांच खून लगे हुए हैं?"

लौंगवती कच्ची-सी पड़कर कहने लगी, "वह तो न जाने उसने किस हाल में किए। पर मौसी! यह बताओ, अगर पहले यह रिश्ता हो गया होता, और फिर ऐसा बानक बनता, तो हम क्या कर लेते?"

यहां लौंगवती ने 'हम' कहकर बेनू के दुख-सुख से अपनी साझेदारी भी उतनी ही जोड़ ली जितनी मां की थी। पर वह मां की समझ से परे थी। वह गुस्से से ऐंठती हुई बोली, "तब की बात और थी, लड़की। तब तो उसकी किस्मत को ईश्वर भी नहीं बदल सकता था—"

लौंगवती जल्दी से बोल उठी, "कौन जाने अब भी ईश्वर बदलना नहीं चाहता, अगर तुम मान जाओ..."

मां ने खींझकर कहा, "क्या मान जाऊं...कि अपने हाथ से फांसी का रस्सा उसके गले में डाल दूं? वह जो इतने खून करके भागा फिर रहा है, उसे ढूंढूं जाकर–भई, फांसी चढ़ने से पहले मेरी बेटी से ब्याह कर जा..."

लौंगवती मां के मन को भी समझ रही थी, पर साहस करके बोली, "नहीं, मौसी! ऐसे न कहो! उसका शायद कोई कुसूर नहीं है, वह शायद कचहरी से छूट ही जाए," और फिर नम्र होकर कहने लगी, "मैं यह तो नहीं कहती कि अभी जाकर उससे रिश्ता कर दो, मैं तो सिर्फ यह कह रही हूं कि जब तक उसका पता नहीं लगता, उतनी देर जल्दी न करो इसे कहीं ब्याहने की..."

मां कुछ धीमी पड़ी। कहने लगी, "चल, मैं तो चाहे मान भी लूं कि लड़की कुंआरी बैठी रहे, पर उसका बप्पा मानेगा?"

लौंगवती को कुछ आशा बंधी। कहने लगी, "मौसी! अगर तुम मान जाओ, तो शायद तुम्हारे कहने से..."

बेनू की मां कानों को हाथ लगाते हुए बोली, "तुम्हें उसके स्वभाव की खबर नहीं। अगर मैंने मुंह से कुछ कहा तो वह हम मां-बेटी दोनों को काटकर पिछली कोठरी में गाड़ देगा..."

और किस्मत की लकीर को जहां टूटना था, टूट गई!

तीसरे दिन, सूरज डूब रहा था जब बेनू का पिता अलीगढ़ के एक अच्छे व्यापारी घराने में बेनू का रिश्ता जोड़कर आ गया।

आते ही उसने जब बेनू की मां को यह खबर सुनाई, "मैं तो घेर की रस्म भी कर आया हूं, अब पांचवें दिन भेंट की रस्म के लिए जाना है," तो बेनू के मन में ऐसी घेर पड़ी कि शगुन की घेर भी लज्जित-सी उसके मुंह की ओर देखने

लगी...

मां भेंट के लिए गहने और रुपये थाल में जोड़ती रही, पर कोई नहीं जानता कि बेनू किस तरह भीतर-बाहर से रीती होती जा रही थी...

भेंट की रस्म मर्दों को अदा करनी थी, जाकर कर आए। पर जिस समय एक सप्ताह बाद अलीगढ़ से व्यापारियों की औरतें बेनू की गोद भरने के लिए आईं, बेनू सूनी-सी लुटी हुई सी, किस्मत के इस उठे को अपने पल्ले में डलवाती रही...

उन्हीं दिनों बांहों पर नाम गोदने वाला उस गांव से गुज़रा था, जिससे औरतों को कई भूले-बिसरे गाने भी याद आ गए थे। बेनू की हथेली पर शगुन की मेहंदी लगाई गई, और औरतों ने सुहाग गाकर यह गीत छेड़ दिया, जिसमें कृष्ण की प्रेमिका अपने अंग-अंग पर उसका नाम गोदवाती है :

"लीला गोदवाय लेओ प्यारी
गली में आय गए ललिहारी
ठोड़ी पै ठाकुर लिखो...
कंधे पै कान्हा लिखो..."

और ज्यों-ज्यों गीत बढ़ता गया–अपने कृष्ण का नित नया नाम रखने वाली गोपिका अपने अंग-अंग पर उसका नाम गोदवाती रहीं–बेनू को लगता रहा–उसके अंग-अंग पर चंदन का नाम गोदा जा रहा है...

एक पल मंगनी, दूसरे पल ब्याह की रस्मों में से गुज़रती हुई बेनू बावली आंखों से हर एक के मुंह की ओर ऐसे देखती रही, मानो होनी के मुंह के सिवाय किसी को पहचानती न हो...

गांव का जनवासा एक बार फिर सजा, औरतों ने फिर बढ़ार गाई, जनवासे में पानी के घड़े भरकर 'खेत देने' गई, लड़की के घर का दरवाज़ा फूलों से महक उठा, कुछ इस तरह जैसे गांव के ठाकुर जंगीसिंह की लड़की के ब्याह के अवसर पर हुआ था...

और बेनू कई बार मूल-भूल गई कि अब जंगीसिंह की लड़की का ब्याह नहीं

था, उसका अपना ब्याह था...

और भुलावा पड़ता रहा–कि अभी...अभी...ब्याह के लिए आया हुआ चंदनसिंह उस दीवार की ओट के पीछे से भी दिखाई दिया...और इस दीवार की ओट के पीछे से भी...

पर बेनू के घर के आंगन में जब मंड़वा सजा और अलीगढ़ का व्यापारी कहलाने वाला कोई आदमी उसी के घर की ड्योढ़ी को लांघ अंदर कोठरी में आकर छंद कहने लगा, और बेनू को औरतों ने पकड़-थामकर उसके सामने उसका कांगना खोलने के लिए बिठा दिया, तो बेनू के मन की गांठे कस गईं...

"...हाय री किस्मत...धागों वाली गांठें खुलवा रही है...पर जिन गांठों को तूने अपने हाथों से डाला है, उन्हें कौन खोलेगा?..." बेनू लौंगवती की छाती से लगकर भी रोई और किस्मत की छाती से लगकर भी...

और बेनू के मरे-जीते हाथ रस्मों में से गुज़रते रहे...

सिर्फ डोली के दिन उसने लौंगवती की बांह पकड़ी और घर के पिछले दरवाज़े से निकलकर आमों के उस बाग की ओर चल दी जहां तालाब के पानी में उसकी समझ से, उसकी और चंदनसिंह की परछाइयां अभी भी तैर रही थीं...

"बेनू! यह किस्मत का लिखा था, भूल जा..." रास्ते में लौंगवती ने रह-रहकर कहा। पर लगता था, बेनू के कानों में कोई आवाज़ नहीं पड़ रही थी।

वह अपने ध्यान में मग्न तालाब के किनारे पर जाकर खड़ी हो गई और पानी में कांपती हुई अपनी परछाईं को देखकर लौंगवती से कहने लगी, "तू जानती है न, जिन्नों और भूतों की पहचान क्या होती है। उनकी परछाईं नहीं होती। यह देख, मेरी परछाईं यहां रह गई है, और मैं जिन्न-भूत बनकर आज डोली में जाऊंगी..."

लौंगवती का जी किया कि छाती पकड़कर रोए, पर बेनू को थामते हुए वह अपने-आपको भी थामती रही।

और तालाब के किनारे से लौटते हुए एक जगह पर बेनू रोड़े-पत्थरों की ठोकर खाकर ऐसे गिरी कि उसके पैरों की उंगलियां छिल गईं। और घड़ी-पहर बाद

जब उसे ससुराल के गहने पहनाए जाने लगे तो उसके पैरों की उंगलियों में बिछुआ न पहनाया जा सका।

उस समय डोली में बैठते हुए बेनू ने–कोई नहीं जानता–लौंगवती के कान में कुछ कहा...

सिर्फ लौंगवती कितनी देर तक अपने कानों को मलती रही–जिनमें बेनू के शब्द चुभ रहे थे-'तूने उससे कहा था न कि मेरे नाक का बुलाक पैरों का बिछुआ मांगता है...कभी वह तुझे जीता मिले तो उससे कहियो-बेनू ने पैरों में किसी और का बिछुआ नहीं पहना था...'

ग्यारह

सब जानते हैं–एक शाम को बड़े शहर के अस्पताल में, हाथ में पिस्तौल लिए चंदनसिंह आया, और सीधे भाई की चारपाई के पास जाकर, उसका मुंह देखकर और उसके पैर चूमकर, उसी तरह पिस्तौल ताने हुए खिड़की से छलांग मारकर अलोप हो गया...

थानों में खबर फैल गई, शहर की नाकेबंदी हो गई, ठाकुर पृथ्वीसिंह की कोठी का पहरा कड़ा हो गया, पर चंदनसिंह का कोई सुराग न मिला।

और बाद में सबको मालूम हुआ कि उस रात पुलिस से छुपते हुए चंदनसिंह ने जिस घर में पनाह ली थी, वह एक बूढ़ी विधवा गंगा का घर था, जिसकी पंद्रह बरस की जवान लड़की त्रिबेनी के आगे पिस्तौल तानकर चंदनसिंह ने एक धमकी-सी दी थी कि अगर उसकी मां ने आवाज़ निकाली तो वह गोली चला देगा। और उसी तरह पिस्तौल ताने हुए उसने गंगा से मांगकर रोटी खाई थी, और उस

रात जितने पैसे उसकी जेब में थे, वे सारे के सारे उसने गंगा के आगे ढेरी करके उसे अपनी शहर वाली कोटी पर अपने माता-पिता के पास संदेशा देकर भेजा था कि उनका बेटा एक बार उनसे मिलना चाहता है।

गंगा उसके लिए उसकी मां का जवाबी संदेशा ले आई कि अभी कोठी के चारों तरफ पहरा है, वह भूलकर भी वहां न आए। और चंदनसिंह दो रात और गंगा के घर रहकर जाते समय हाथ में पहना हुआ सोने का कड़ा उसे देकर कहीं अलोप हो गया। और जाते समय गंगा को प्रणाम करते हुए उससे कह गया, "गंगा मां! किसी दिन मेरा यह खत मेरी ठकुराइन मां को पहुंचा आना"—और गंगा उसके लिए ममता से भर गई। और चार दिन का अंतर डालकर वह ठकुराइन को खत दे आई।

पर पुलिस ने ताड़ रखा था–दो बार गंगा को कोठी में जाते देखकर, उन्होंने पूछताछ के लिए गंगा को जाकर धमकाया था। सुराग मिल गया था, पर चंदनसिंह नहीं मिला।

खत भी नहीं मिला था, पर पूछताछ के लिए ठाकुर पृथ्वीसिंह पर सख्ती होने लगी थी। पुलिस भी चढ़ आई थी।

और सब जानते हैं–जब से मलखानसिंह ने एक पल के लिए ही सही, अस्पताल में चंदनसिंह का मुंह देखा था, उसके घाव भरने लगे थे।

बारह

पर कोई नहीं जानता–बेनू ने जिस दूर बहती कुंआरी नदी का सिर्फ नाम सुना था, उसे कभी देखा नहीं था, वह एक रात बेनू के सपने में आ गई...

बेनू जिससे व्याही गई थी, वह अच्छे पैसे वाला व्यापारी था। तालों का व्यापार करता था, पर तन का भी बेढंगा था, मन का भी और जिसके स्पर्श से बेनू को अपना तन-मन भ्रष्ट होता लगता था...

और एक रात सूजे हुए पपोटों को लेकर सोई हुई बेनू के सपने में आकर कुंआरी नदी ने कहा, 'तू मेरी तरह कुंआरी है, सदा कुंआरी। जैसे मैं किसी के अंग से लगने पर भी कुंआरी रहती हूं, तू भी इसी तरह पवित्र रहेगी।'

और उस रात से बेनू के मन में कुछ स्थिरता आ गई थी, साथ ही मन में धीरज बंधा था, 'यह तन की नहीं, मन की तपस्या है। अगर मेरी तपस्या में बल होगा-वह ज़िंदा रहेगा...'

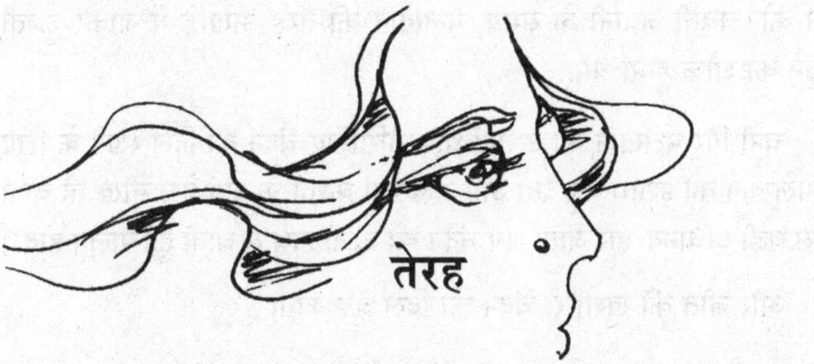

तेरह

सब जानते हैं–ढाक के मीलों लंबे जंगल में कितने ही गिरोह थे जो आसपास के गांवों के गाय-बैल खोलकर ले जाते थे, और फिरती लेकर लौटा देते थे। लेकिन पुलिस कभी उस जंगल में जाने का साहस नहीं कर सकी थी। पास ही केलादेवी का मंदिर पड़ता था जहां वे डाकू पूजा करने आते थे, लेकिन पुलिस के हाथ नहीं पड़ते थे। अनुमान होता था कि चंदनसिंह भी शायद उसी जंगल में होगा, पर खबर नहीं मिलती थी।

ठाकुर पृथ्वीसिंह पर सख्ती बढ़ गई, तो उनके वकील ने सलाह दी कि जैसे-तैसे चंदन को हाज़िर किया जाए, और फिर रहम की अपील करके उसकी सज़ा कम-से-कम करवाई जाए।

पुलिस ने चंदन के लिए पांच हज़ार का इनाम भी रखा था, और पकड़-पकड़ाई

में उसके मारे जाने का खतरा भी बढ़ गया था।

उधर गरीबनी गंगा पर भी पुलिस की सख्ती बढ़ गई थी, और एक और भय बढ़ता जा रहा था कि गंगा की जवान लड़की त्रिबेनी की इज़्ज़त खतरे में थी। कुछ पुलिस वालों की उस पर बुरी नज़र थी, जिसके कारण गंगा दो बार ठाकुर पृथ्वीसिंह के पांव पकड़कर रोई थी।

मलखानसिंह अस्पताल से घर आ गया था, पर चुपचाप चारपाई पर पड़ा रहता था। कभी बोलता तो कहता, "हंसा-मोती की जोड़ी टूट जाएगी? बताओ, हंसा-मोती की जोड़ी टूट जाएगी।"

और मलखान की आंखों के आगे जीवन का वह एक दिन फैल जाता, जब चंदन को, चढ़ती जवानी के समय, मलखान की तरह अखाड़े में जाकर कुश्ती सीखने का शौक हुआ था...

चूनी गिर मलखान का उस्ताद था। नौसिखिए चंदन का दिल रखने के लिए वह मलखान को इशारा कर देता और मलखान कुश्ती के दांव-पेच सीख रहे चंदन से उस घड़ी अचानक हार जाता जब चंदन को बाज़ी हाथ से जाती हुई मालूम होती।

और जीत की खुशी से चंदन का दिल बढ़ जाता...

यह कैसा समय था, मलखान सोचता कि वह जानकर कुश्तियां हारता रहा और चंदन को जिताता रहा—

पर अब–अब जब ज़िंदगी ने दोनों को दांव पर लगा दिया तो चंदन सचमुच बाज़ी ले गया...

वह मलखान को हार से बचाने के लिए, कैसे जिगरे से हार खा गया...

मलखान ज़िंदा है, मलखान को यही बात अजीब लगती...कि उसके ज़िंदा रहते हुए चंदन के पीछे लगी हुई मौत शहरों में भी घूम रही है, जंगलों में भी... और वह कुछ नहीं कर सकता...

'यह कैसा समय है,' मलखान का दिल डुबकी खाता, 'जब ज़िंदगी हार रही है, और मौत जीत रही है...'

ज़मींदारी की प्रथा समाप्त कर दी गई थी।

पहले ठाकुर पृथ्वीसिंह ने दो गांव बेचकर कुछ रुपया इकट्ठा किया था, जो अब तक कुछ गुज़ारे में खर्च हो गया था, कुछ पुलिस की नज़र हो गया था। अब सरकार ने जागीरदारी की समाप्ति के समय कुछ बॉण्ड दिए थे, पर वे पंद्रह-पंद्रह बरस की मियाद के थे। उनमें से कुछ उन्होंने तीस-पैंतीस रुपये सैकड़ा के हिसाब बेचकर फिर कुछ रुपया हाथ में किया, और चंदनसिंह को हाज़िर करके वह रुपया मुकदमे में लगाने के लिए रख लिया।

पर चंदनसिंह की कोई खबर नहीं मिल रही थी...

मलखानसिंह के कई घाव भर गए थे, पर यही एक नहीं भर रहा था। उसे बहुत बड़ा गम था कि जिस दिन वह होनी हुई थी, उस दिन चंदन क्यों आ गया था। उसे ही बचाने के लिए चंदन ने गोली चलाई, नहीं तो चंदन को काहे का खतरा था...और चंदन का इस तरह जंगलों में मारे-मारे फिरना उसे बिलकुल अपना दोष लगता था।

ठकुराइन की रो-रोकर आंखें रहं गई थीं। फिर रातों को आंख नहीं लगती थी। नींद न आने के कारण आंखों के पपोटे हर समय सूजे रहते। दिन काटे नहीं कटते थे, पर रातें और भी भयानक थीं। उसे पल-पल पर खटके सुनाई देते, कभी उस दरवाज़े से, कभी उस दरवाज़े से। लगता उसने अभी चंदन के पैरों की आहट सुनी है, कभी खिड़की के शीशे पर उसे चंदन का हाथ दिखाई देता। वह उठती–दरवाज़े खोलती, तरस उठती-चंदन कहीं दिखाई दे जाए, साथ ही डरती, चंदन कहीं इधर न आ निकले...

घर के चारों तरफ पुलिस का पहरा था, पर मां के खयालों में से जन्मा एक साया घर के दरवाज़े और खिड़कियां खटखटाता रहता...

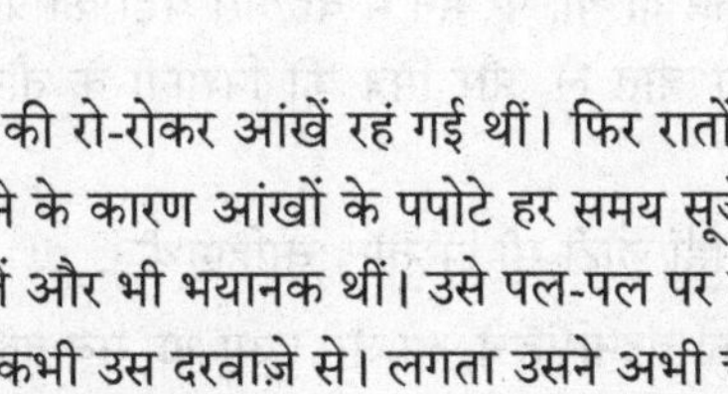

चौदह

कोई नहीं जानता–चंदनसिंह जब ढाक के जंगल में छिपा था, वह असल में गाय-बैलों के चोरों के रख में जा घुसा था।

दूध-रोटी से उसका स्वागत हुआ था, और देखने में यह गिरोह के मुखिया का ऐसा मेहमान लगता था जिसके सोने के लिए गदेला था और ओढ़ने के लिए रेशमी चादर। पर चंदन ने जल्द ही जान लिया था कि उसके सो जाने पर भी मुखिया की बंदूक तनी रहती है।

शिकार की जो बंदूक वह साथ लाया था, उसने मुखिया का विश्वास जीतने के लिए उसके हवाले कर दी थी, पर मन में वह उस घड़ी की प्रतीक्षा में था जब वह मुखिया का भरोसा जीत ले और मित्र की निशानी के तौर पर उससे एक पिस्तौल मांग ले।

अब उसे बंदूक नहीं छोटी-सी पिस्तौल चाहिए थी...

सरबन मुखिया को चंदनसिंह ने, जो जैसे हुआ था, सब बता दिया था, और मुखिया का मन ललचा गया था कि ऐसा निशानेबाज़ अगर सारी उम्र उसके गिरोह में रहे तो उसके गिरोह की ताकत कई गना बढ़ सकती थी। और मखिया जानता था–यह जागीरदार है, चाहे इस समय होनी के हाथों झकझोरा हुआ था, पर सारी उमर के लिए गिरोह में रहने वाला नहीं था। वह घर से भी मज़बूत था, और किसी भी दिन सोने-चांदी के बल पर उसके लिए कानून को खरीदा जा सकता था। और चाहे उसके हाथ से पांच कतल हुए थे, वे कतल करने की खातिर नहीं हुए थे। हमला तो दूसरी गढ़ी वालों ने किया था और इसने सिर्फ अपने बचाव के लिए गोलियां चलाई थीं...और अगर कहीं गवाहियां सचमुच सीधी पड़ गईं, तो यह सीधी तरह से कानून से बच सकता था।

तो मुखिया सोचता था–किसी न किसी तरह इसके हाथ से किसी पुलिस वाले का या किसी और का खून करवाकर इसे हमेशा के लिए दागी करा दे...

सो, जिस दिन चंदनसिंह ने मुखिया से एक पिस्तौल की बात की, वह खुशी

से मान गया।

यह वही सरबन मुखिया का पिस्तौल था, जिसे लेकर एक दिन चंदनसिंह शहर के अस्पताल में अपने भाई को देख आया था।

पर अभी तक चंदनसिंह ने मुखिया की किसी कारगुज़ारियों में उसका साथ नहीं दिया था। सरबन मुखिया चुप था, पर मौके की ताक में था।

बहुत समय हुआ जब ढाक के जंगल की परली ओर एक उड़िया बाबा आया था जिसने लोगों के खेत और फसलें बचाने के लिए गंगा पर बांध बंधवाया था, और तब से लोग उसे पूजते थे।

फिर उड़िया बाबा के देहांत की खबर भी सुनी गई थी, और लोगों ने उनके नाम पर कृष्ण की पूजा आरंभ कर दी थी। पर इन्हीं दिनों खबर मिली कि उड़िया बाबा का एक चेला हरिहर बाबा आया है जिसके दर्शनों के लिए लोग गांवों से टोलियों में आ रहे हैं...

गाएं-भैंसें चुराने का भी यह कीमती अवसर था। मुखिया ने लोग इसके लिए तैयार किए, और एक काम चंदनसिंह के ज़िम्मे भी कर दिया ऐसे ही हंसी-मज़ाक में–और चंदनसिंह को किसी तरह दागी करने के लिए। कहा, "भई, चंदन यार! हरिहर बाबा कीर्तनिये का नाम सुना है? बस, उसका छैना-मजीरा उठा ला, जंगल में कुछ मौज-मेला ही रहेगा..."

मुखिया चंदनसिंह के हाथ से कोई बड़ा कारनामा करवाने से पहले, यह छोटा-सा कुछ करवाकर, उसे जागीरदारी के आसन से उतारकर अपने साथ मिला लेना चाहता था...

पर चंदनसिंह ने उसकी नीयत को बूझ लिया था। कहा कुछ नहीं, हामी-सी भी भर दी, पर सारी रात सो न सका...

जो खून उसके माथे पर लगा हुआ था, चंदनसिंह उसके कारण लज्जित नहीं

था, बल्कि कहीं मन में उसे अपने बहादुर माथे पर वह तिलक के समान लगता था, लेकिन यह काम–जो सरबन मुखिया कह रहा था, उसे चोर-उचक्कों का काम लगता था। उसका मन घिनिया गया...

मन में किसी जगह यह भी था कि उसे एक दिन, ईश्वर का तो पता नहीं; पर बेनू को सारा हिसाब देना है। इसीलिए उसने आते ही मुखिया से एक आदमी मांगकर, लौंगवती के ससुराल के गांव भेजकर बेनू का नाम नहीं लिया था, पर बेनू के लिए सन्देशा भिजवाया था–'चंदनसिंह ने पांच कतल किए हैं, ज़रूरत पड़ने पर पर नील सरोवर की मुर्गाबी नहीं मारी...'

चंदनसिंह को सोते-बैठते अगर ठकुराइन मां की ममता का ध्यान आता था, तो बेनू का प्यार भी जागकर, उसका मन बेध जाता था...

और अब-हरिहर बाबा के छैने-मजीरों की चोरी?–चंदन का खाया-पिया मुंह को आने लगा...

एक विचार यह भी आने लगा–भला अगर मैं वहां से न भागता, उसी तरह हाथ में बंदूक लिए थाने में बैठ जाता, तो मुकदमा ही चलता, और क्या होता, दिन के उजाले की तरह प्रत्यक्ष था कि हमला तो हमारी गढ़ी पर हुआ था, मैं कौन-सा दुश्मनों को उनके घर मारने गया था...

पर गर्मी में जो हो गया, हो गया। वह दूर की दृष्टि नहीं थी, पर चंदनसिंह अब उस घड़ी को लौटा नहीं सकता था...

और उसका मन एक और चिंता से डूबने लगा, 'मैं निर्दोष हूं, पर आखिर तो नील सरोवर की मुर्गाबी गोली से बिंध गई...अब तक बेनू न जाने किसके घर बस गई होगी...'

और उस रात चंदनसिंह के माथे में एक टीस उठी–जीने के लिए जिस रास्ते पर चल पड़ा था, उसी रास्ते के कारण बेनू बिछुड़ गई...और चंदनसिंह को जीने का यह रास्ता अकारथ प्रतीत होने लगा। मन में आया–जंगलों में भटककर मरने से अच्छा है जेल में जाकर ही मर जाऊं, अंधेरे के एक कोने में बैठकर–यह तो उजाला भी चोरी का है...

पंद्रह

और सब जानते हैं–जिस पुलिस वाले की त्रिबेनी पर बुरी नज़र थी, वह मौका ताककर एक दिन उस समय गंगा के घर आ गया था जब गंगा घर में नहीं थी...

और पुलिस वाले के लिए दरवाज़ा खोलने के पछतावे के कारण त्रिबेनी की चीख निकल गई थी...

हाथापाई में त्रिबेनी के कपड़े लीर-लीर हो गए थे, और दरवाजे के कुंडे में त्रिबेनी की चीखें अड़ी हुई थीं, तब दरवाज़े पर बाहर से लात पड़ी थी, और दरवाज़े के टूटे हुए तख्ते को परे हटाकर चंदनसिंह वहां आ पहुंचा था...

अब हाथापाई त्रिबेनी की नहीं थी, चंदन और पुलिस वाले की थी...एक क्षण के लिए चंदनसिंह को पछतावा आया कि आते समय वह सरबन मुखिया की पिस्तौल क्यों छोड़ आया, वह यूं तो अपने-आपको पुलिस के हवाले करने के लिए आया था, पर रास्ते के लिए हाथ में हथियार तो ले ही आता। पर दूसरे ही क्षण चंदनसिंह को यह बात गनीमत मालूम हुई कि इस समय उसके हाथ में पिस्तौल नहीं थी, नहीं तो एक खून और उसके सिर मढ़ जाता...

एक पुलिस वाले को घर दबोचने के लिए चंदनसिंह बहुत तगड़ा था–वैसे भी पुलिस वाले के माथे दोष मढ़ती हुई एक नंगी गवाही सामने खड़ी थी, जिसका डर उसे अंदर से भी काट रहा था। चंदनसिंह की टांग को चारपाई के पाये से करारी चोट लगी, पर उसने जल्दी ही उस पुलिस वाले को बांध-जूड़कर कोने में डाल दिया था।

तब तक गंगा आ गई, जो वस्त्रहीन त्रिबेनी के मुंह से, जो हुआ था, सुनकर सिर पकड़कर बैठ गई।

"जागो, गंगा माँ! उठो! थाने में खबर कर दो!" चंदनसिंह ने गंगा को धीरज दिया।

"नहीं बेटा! यह मैं नहीं करूंगी..तुमने मेरी बेटी की इज़्ज़त बचाई है, तुम्हें

किस तरह थाने में दे दूं?" गंगा रोने लगी।

"और यह जो मुरदार आंखें फाड़े बैठा हुआ है, इसका क्या करना है?" चंदनसिंह ने बंधे हुए सिपाही की ओर हाथ से इशारा किया।

"इसे किसी कुएं में फेंक दो, और तुम बचकर निकल जाओ!" गंगा बिलखने लगी।

"नहीं, गंगा मां!" आज चंदनसिंह के सामने उसका मार्ग निश्चित हो गया था। कहने लगा, "मैं आज भाग जाने के लिए नहीं आया हूं। जो किया है, उसे भुगतूंगा, इसीलिए आया हूं। सीधा थाने जा रहा था, लेकिन रास्ते में तुमसे यह कहने के लिए चला आया कि जाकर मेरे माता-पिता को खबर दे दो..."

और चंदनसिंह ने चारपाई के पाये के पास थूककर कहा, "इस कुत्ते की जून को मैंने इसीलिए जान से नहीं मारा...भई, इसके गंदे खून से क्यों अपने हाथ लथेड़ूं, जो इसके सगे हैं वही इससे निबटेंगे।"

गंगा ने अपने ऊपर और ठाकुर-ठकुराइन पर की जा रही पुलिस की सख्ती की दास्तान सुनाई, पर अभी तक उसका मन यह नहीं मानता था कि चंदनसिंह थाने में हाज़िर हो।

"मेरे बूढ़े मां-बाप कब तक ये सख्तियां सहेंगे? मैं एक बार हाज़िर हो जाऊं तो वे तो बच जाएंगे..." चंदनसिंह ने फिर गंगा को समझाया, और कहा, "जाने को तो मैं आपने-आप ही थाने चला जाऊं, तुमसे इसलिए कह रहा हूं क्योंकि सरकार ने मुझे पकड़वाने के लिए पांच हज़ार रुपये देने का ऐलान किया है, वे क्यों फिजूल में जाएं, वे तुम्हें मिल जाएं तो मुझे तसल्ली होगी..."

"हाय राम!" गंगा के मुंह से निकला, और उसने कानों पर हाथ रख लिए। कहने लगी, "यह तो सुनने से भी मुझे पाप लगता है, बेटा! तुम्हें बेचकर उस रुपये की रोटी खाऊंगी!"

चंदनसिंह के मन में पिछले दिनों की वह याद उभर आई–जो उसने सरबन मुखिया के मुंह पर पढ़ ली थी–"साला! कितने दिन हमारे साथ नहीं मिलता! बहुत हठ करेगा तो थाने में देकर पांच हज़ार तो कमा ही लेंगे...'

और चंदनसिंह का मन गंगा के लिए पिघल गया। गंगा के हाथ बंधे हुए थे, "पुलिस को खबर हुई तो बात शहर में फैल जाएगी, मेरी कुंआरी लड़की को कचहरी जाना पड़ेगा गवाही के लिए...और फिर...फिर मेरी लड़की को कौन ब्याहेगा? वह तो घर-घर बदनाम हो जाएगी..."

चंदनसिंह कितनी ही देर तक सिर थामे बैठा रहा। यह सच था कि पुलिस वाले का दोष साबित करने के लिए त्रिबेनी की गवाही ज़रूरी थी...और...

आखिर माथे पर लिखी हुई तकदीर की तरह चंदनसिंह ने सिर उठाकर गंगा की ओर देखा और कहा, "गंगा मां! तुम्हारे साथ कौल करता हूं, मैं जब जेल से छूटकर आऊंगा, आकर तुम्हारी लड़की से ब्याह करूंगा..."

और सब जानते हैं–उस दिन चंदनसिंह ने थाने जाकर आत्मसमर्पण कर दिया...

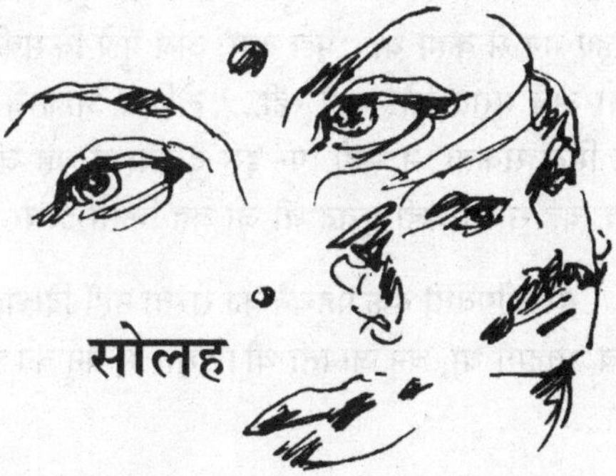

सोलह

पर कोई नहीं जानता–यह खबर जब गांवों-शहरों में फैल गई, और अफवाह फैल गई कि अव्वल तो चंदनसिंह को फांसी लगेगी, या फिर उमर कैद होगी, तब बेनू के दिल पर क्या गुज़री...

लौंगवती का ब्याह बहुत छोटी आयु में हुआ था। वह कई-कई महीने मायके रहती, कई-कई महीने ससुराल में, पर वह बरसों अपने मर्द से अलग रही थी।...वह शहर के कॉलिज में पढ़ता रहा। जब ब्याह हुआ, वह छोटी आयु का था, पर अब वह वकालत पास करके मध्य प्रदेश के दतिया जिले में वकालत करने लगा था, और लौंगवती अब बेनू से कोई दो सौ मील की दूरी पर थी।

काफी अर्से से वह जब भी अपने पीहर के गांव गई थी उसका लौंगवती से मिलना नहीं हुआ था। लौंगवती वहां नहीं होती थी। एक बार बस कोई आधे दिन के लिए मुलाकात हुई थी–बेनू अभी गांव के बाहर पैर रखने वाली ही थी कि लौंगवती आ गई। अब बेनू को केवल एक ही लालसा थी–किसी तरह लौंगवती मिले, और वह लौंगवती के वकील पति से चंदनसिंह के बचाव के लिए कोई जतन करने के लिए कहे।

बेनू को मालूम था-ठाकुर पृथ्वीसिंह उसके बचाव के लिए धन-दौलत भी पानी की तरह बहा देंगे, और बड़े लोगों की सिफारिशें भी पहुंचाएंगे। पर कितने ही जतन क्यों न हों, वे उसके मन को हमेशा कम लगते थे...

और एक दूसरी बात बेनू के मन में यह आई–एक बार बातें करते हुए लौंगवती ने स्वाभाविक रूप से कहा था कि दतिया ज़िले में एक नदी बहती है जिसके पानी में नहाकर जो मुराद मांगो वह पूरी होती है। चाहे उस समय बेनू ने टूटे हुए मन से कहा था, 'मुझे क्या, अब मुझे किसकी मुराद मांगनी है, इस जनम में तो अब मुराद कोई नहीं रही...' लेकिन आज बेनू को लगा-'अब चंदन मुझे नहीं मिल सकता, न सही, पर इस दुनिया में वह जीता तो रहे...' और बेनू को लगा, यह सबसे बड़ी मुराद थी जो वह किसी ईश्वर से मांग सकती थी...

पर लौंगवती तक पहुंचने का रास्ता नहीं दिखाई देता था। बेनू का पति बड़ा बेढब आदमी था, बेनू जानती थी। इसलिए बेनू को चारों ओर अंधेरा दिखाई देने लगा...

फिर जैसे अंधेरे में बिजली चमक जाती है, बेनू को खयाल आया–उसका हमल जो पिछले बरस छठे महीने गिर गया था, अगर उसकी बात चलाकर, संतान की मन्नत मनाने के लिए, वह अपने पति को मनाए, तो क्या मालूम वह मान ही जाए, और उसे लौंगवती के पास कुछ दिनों के लिए भेज दे...

बेनू का विचार सही उतरा। उसके आदमी ने अपने एक बूढ़े नौकर को उसके साथ भेजना माने लिया, पर साथ ही यह भी कहा, "रास्ता अच्छा नहीं है, दिन-दहाड़े लारियां लूटी जाती हैं, सोने का छाप-छल्ला भी पहनकर मत जाना..."

बेनू के मन में चीख जैसा विचार आया–जो लूटा जा सकता था, वह तो जग

ने लूट लिया, अब बाकी क्या रह गया है...

और कोई नहीं जानता–यह चीख बेनू की अपनी छाती में से उठी, और फिर उसके अपने कानों में से होकर उसकी अपनी छाती में ही समा गई...

सत्रह

सब जानते हैं–पहली पेशी में जब सिपाही की करतूत सामने आई तो सरकारी वकील ने त्रिबेनी को गवाह के कठघरे में खड़ा करके जो निर्लज्जतापूर्ण सवाल पूछे, उन्हें सुनकर हथकड़ी-लगे चंदनसिंह की आंखों में खून उतर आया, और ऐसी गरज के साथ उसने सरकारी वकील को मुंहतोड़ जवाब दिया कि उसकी धमक सारी कचहरी में बैठ गई।

चंदनसिंह ने क्रोध को उगला भी था, पिया भी था, जो कहा था उबलकर कहा था, पर दलील से कहा था, "वकील साहब ! उस कानून की लाठी ने कैसे लड़की पर हाथ डाला, पहले बांह पर या टांग पर–ये क्या पूछने की बातें हैं? एक बदतमीज़ी तो उसने की, दूसरी आप क्यों करते हैं?–बस, यह जान लीजिए कि किस नीयत से आया था, सवाल नीयत का होता है, कर्म का नहीं..."

और चंदनसिंह पहली पेशी में ही लोगों की समझ में मुकदमा जीत गया था पर जो सरकारी मशीनरी को पुर्ज़ा-पुर्ज़ा जानते हैं, वे समझ गए कि अब चंदनसिंह का छूटना मुश्किल है।

भले ही चंदनसिंह के वकील ने सिपाही की नीयत के बारे में बताते हुए यह भी कहा था, "अच्छे-बुरे हर क्षेत्र में होते हैं, इसके कारण किसी भी क्षेत्र का अपमान नहीं हो जाता," लेकिन पुलिस कहां-कहां और कैसे-कैसे बैर निकालेगी, उसका कुछ

अनुमान सबको हो गया था।

और सब जानते हैं–सात दुशालों में ढंकी हुई और पालकी के रेशमी आसन पर बैठने वाली ठकुराइन चंदनसिंह की हर पेशी के दिन कचहरी के रोड़ों पर बैठी रहती थी।

चंदनसिंह की ज़मानत नहीं हुई थी। और ठाकुर पृथ्वीसिंह को सबसे बड़ा दुःख इस बात का था कि अंग्रेज़ों के ज़माने में कांग्रेस के जो लीडर उसकी गढ़ी में पनाह लिया करते थे, आज उन्हीं के राज में उसके लड़के की ज़मानत भी नहीं हो रही थी...

दिन के उजाले जैसा सच यह था कि ठाकुर पृथ्वीसिंह की गढ़ी उखड़ने से चौधरी भूपसिंह की गढ़ी और ताकत पकड़ गई थी, और गांव के गवाह, जो हंसा-मोती की जोड़ी के टूटने पर हाथ मलते थे, अब चौधरी भूपसिंह का ज़ोर बढ़ते ही आंखें फेर गए थे।

और अब सरकार के दरबार में जो ओहदेदार थे, जो एक लंबे समय से ठाकुर पृथ्वीसिंह के ऋणी थे, अब चौधरी भूपसिंह का सोना अपने-अपने घरों में डालकर, ठाकुर पृथ्वीसिंह के लिए डूबी हुई रकम के समान हो गए थे...

गंगा और त्रिबेनी ठकुराइन के दाएं-बाएं उसकी बाहों की तरह बैठ जाती थीं। गंगा और त्रिबेनी को पलिस के ज़ोर-धक्के से बचाने के लिए ठकुराइन ने अपनी हवेली में आश्रय दे दिया था। गंगा ठकुराइन की ताबेदारी में थी, रसोई का काम भी अब वह ही संभालती थी, लेकिन ठकुराइन ने उसे कभी नौकरानी नहीं समझा।

त्रिबेनी–चुप, छाया की तरह, ठकुराइन के साथ रहती, और ठकुराइन बेटे के मोह में पिघली हुई सी त्रिबेनी को उसके नाम का वास्ता भी देती थी– "ऐ मेरे राम! मैंने तो कोई पाप किया होगा जो मेरे दूध का कोई दोष मेरे बेटे को लग गया, पर इस कुंआरी कन्या ने कोई पाप नहीं किया, तुम इसकी मांग में सिंदूर भर दो..."

ठकुराइन ने अपने बेटे का वचन पूरा करने के लिए मन में धार लिया था कि चंदन जब छूटकर घर आएगा, मैं अपने हाथ से, अपने खानदान सारी मर्यादा

भुलाकर, यह पुण्य कमाऊंगी।

जो कुछ हुआ था उसके लिए ठाकुर के मन में पछतावा नहीं था, पर ठकुराइन के मन में यह अवश्य था कि उसके अकड़बाज़ पति के हाथों कई गरीब लाचार सताए गए थे और उसकी हर समय की वासना ने ही उन्हें ये दिन दिखाए थे...

ठकुराइन कचहरी के बाहर बैठी होती तो कई मनचले पास से गुज़रते हुए त्रिबेनी की ओर उंगली से इशारा करके कह जाते, "है तो रईसज़ादा न, क्या मालूम जेल में भी रखैल को साथ ले जाए..."

ठकुराइन अपनी आंखों से उतरते हुए खून को छिपा लेती, और साथ ही त्रिबेनी को अपने सिर पर ली हुई चादर के पल्ले से ओट में कर लेती।

औरत की मजबूरी का जो सन्ताप पति के कई रखैलें रखने के कारण उसने जवानी में भी नहीं जाना था, वह इस उम्र में, नंगी सड़क पर, त्रिबेनी के मुंह की ओर देखकर भुगत रही थी...

और सब जानते हैं–गिनती की कुछ पेशियों के बाद चंदनसिंह को फांसी का हुक्म हो गया।

अठारह

पर कोई नहीं जानता–शिवरात्रि के दिन मध्य प्रदेश के दतिया ज़िले की सिंध नदी पर जिस समय आसपास के गांवों से हज़ारों की गिनती में लोग आकर पर्व मना रहे थे–उस समय लाल किनारी की सफेद धोती में लिपटी हुई एक परदेसी औरत सिंध नदी के सनकुएं में खड़े होकर ईश्वर नाम की शक्ति से क्या मुराद मांग

रही थी...

लोग सिंध नदी का जल इतना पवित्र मानते हैं कि आसपास के गांव वाले शिवरात्रि को कांवर भरने आते हैं। कांवर एक बहंगी-सी होती है, जिसके मोटे डंडे से दोनों तरफ दो मटकियां बंधी रहती हैं। ऊपर से इसे लाल कपड़े से ढंका और सजाया जाता है, दोनों तरफ फूलों के हार भी लटकाए जाते हैं। और सिंध नदी में मटकियां भरने के बाद जब लोग कांवर को अपने-अपने गांव ले जाते हैं तो रास्ते में सांस लेने के लिए इसे धरती पर नहीं रखते। रास्ता चाहे कितना ही लंबा हो, साथियों से कंधा बदल लेते हैं, पर कांवर को भूमि पर नहीं रखते। वे सारे समय चलते रहते हैं, और शिव की स्तुति गाते रहते हैं...

बेन ने सिंध नदी में पैर डालने से पहले जब एक कांवर जाते देखी, शिवस्तुति सुनी–साथ ही मुनष्य-जीवन की असारता, उसका मन भर आया...कुछ लोग कांवर उठाए गा रहे थे:

"बड़े भए तो का भए, जैसे पेड़ खजूर।
पंछी को छाया नहीं,फल लागे अति दूर॥
बोलो कि भाई बम बोलो..."

बेनू मानो हज़ारों विचारों में से गुज़र गई हो–'एक वह कांवर भी है, जो किसी को दिखाई नहीं देती...मैंने, बरसों बीत गए, प्यार की नदी से आंखों की मटकियां भरी थीं...आज तक उन्हें भूमि पर नहीं रखा है...इस बहंगी को कंधे पर उठाए घूम रही हूं...सिर्फ चुप हूं, बोल नहीं सकती...'

और बेनू का मन आराधना में बंध गया–"हे शिवशक्ति! क्या मेरी लगन का कोई फल नहीं? क्या मेरे प्यार की नदी तेरी सिंध नदी जैसी नहीं?...ज़िंदगी अकारथ ही सही...खजूर का पेड़ ही सही...मेरा हाथ नहीं पहुंचता, न सही...मुझे उसकी छाया नहीं चाहिए...सिर्फ उस पर फल लगा दो!...दूर का फल...जिसे मैं नहीं तोड़ूंगी...मैं नहीं खाऊंगी..."

सिंध नदी की कथा सुनाते हुए शिव मंदिर के पुजारी ने बेनू को बताया, "ब्रह्मा के चार मानस-पुत्र थे–सनक, सनंदन, सनातन और सनत्कुमार–वे यहां आए। यहां मीलों तक कहीं पानी नहीं था। वे तपस्या करने बैठ गए। यह उनकी

तपस्या का प्रताप था कि दूर बहने वाली सिंध नदी ने अपनी धारा बदल दी, और मीलों का चक्कर काटकर वह मानस-पुत्रों के चरणों में बहने लगी..."

और बेनू लाल किनारी की सफेद धोती में लिपटी, सिंध नदी के सनकुएं में खड़े होकर, हाथ फैलाकर, ईश्वर की शक्ति से मांगने लगी, "मैं सारी ज़िंदगी प्यासी रही हूं, प्यासी रहूंगी। मैं उसकी ज़िंदगी के पानी को मुंह से नहीं लगाऊंगी, पर उसकी ज़िंदगी का पानी उसे लौटा दो।...हम भी मानस-पुत्र हैं, मेरे ईश्वर! दोषों से भरे हुए, मोह से, क्रोध से, अहंकार से भरे हुए...पर हमारे भी दुख-सुख हैं... हम भी तपस्या करते हैं...अपनी समझ से, जैसा भी ढंग हमें आता है...जैसी भी समझ तुमने हमें दी है...हम भी तुम्हारे मानस-पुत्र हैं, बड़े नगण्य ही सही...किस्मत की नदी का रुख मोड़ दो, मालिक!...मैं और कुछ नहीं मांगती...किसी और जन्म में मांगूगी...इस जन्म में बस इतना दे दो...वह जीता रहे...मैं चाहे सारी उम्र उसे न देख सकूं..."

और बेनू ईश्वर से सौदा भी करती रही, हठ भी, प्रार्थना भी...

उस रात लौंगवती के पति शिवचरन ठाकुर ने विस्तार सहित चंदनसिंह के मुकदमे को सुना, समझा और फांसी के हुक्म के बाद भी हाई कोर्ट में अपील करने के लिए कागज़ तैयार करने लगा। उसने लौंगवती का नाम लेकर, ठाकुर पृथ्वीसिंह के पास खुद ही बिना बुलाए जाना स्वीकार कर लिया था। बेनू ने यह बात पक्की कर ली थी कि वह उसका नाम किसी तरह भी चंदनसिंह के या उसके घर वालों के सामने नहीं लेगा।

बेनू के आने से पहले, शिवचरन ठाकुर लौंगवती के मुंह से बेनू की किस्मत की कथा सुन चुका था, पर बेनू को देखकर, और उससे बात करके वह बेनू के प्रति मोह, प्यार और श्रद्धा से भर गया।

कल एक बार शिवचरन ठाकुर ने बेनू के मन की थाह लेने के लिए कहा था, "अब तक शायद चंदनसिंह को तुम्हारा नाम भी याद न रहा हो बेनू! यह सब तुम्हारा अपना सोचा और पाला हुआ स्नेह है..."

...तो बेनू हंस-सी पड़ी थी। कहने लगी, "दाऊ! नेह भी ब्रह्मा का रूप होता है। ब्रह्मा भी तो अपने में से ही जन्मे थे। ब्रह्मा की कौन मां थी, कौन पिता था?"

और शिवचरन ठाकुर को बेनू के प्यार की थाह मिल गई थी। आज दोपहर को जब बेनू नदी से लौटी, कचहरी में शिवरात्रि की छुट्टी होने के कारण शिवचरन ठाकुर घर पर ही था। बेनू ने लौंगवती के साथ एक ही थाली में खाना खाते समय ठाकुर साहब से पूछा, "दाऊ! मैं तो पढ़ी-लिखी नहीं हूं, तुमने तो वेद भी पढ़े होंगे, यह बताओ कि ब्रह्मा के ये पुत्र मानस-पुत्र किस तरह हुए? देवताओं के घर मानस-पुत्र कैसे जन्मे?"

शिवचरन ठाकुर हंस दिया। बोला, "यहां सब यही कहते हैं। कोई इनकी जननी का नाम नहीं जानता। शायदं वह धरती की औरत हो...तुम्हारे जैसी या लौंगवती जैसी..." और फिर गंभीर होकर उसने कहा, "असल में शब्द मानस-पुत्र नहीं मानसिक पुत्र है..."

बेनू के हाथ का कौर हाथ में ही रह गया। बोली, "फिर तो बात और भी कठिन हो गई...क्या शारीरिक पुत्र और होते हैं, मानसिक पुत्र और?".

शिवचरन ठाकुर ने अभी कोई उत्तर नहीं दिया था कि लौंगवती हंसने लगी और बोली, "तुझे मैं बताती हूं..."

लौंगवती के एक ही पुत्र था–सात बरस का, सरन, जिसे शिवचरन ठाकुर गांवों के स्कूलों में नहीं, शहर के किसी अच्छे स्कूल में पढ़ाना चाहता था, इसलिए उससे उसे मसूरी के एक स्कूल के होस्टल में रखा था। लौंगवती उसी का नाम लेकर कहने लगी, "जैसे सरन मेरा शारीरिक पुत्र है–पर अब जब चंदनसिंह जेल से छूटकर आएगा, आकर ब्याह करेगा, अब तू तो उसे मिल नहीं सकती, कोई और ही मिलेगी, फिर उसके घर जो पुत्र जन्म लेगा, वह तेरा मानसिक पुत्र होगा..."

लौंगवती की बात पर शिवचरन ठाकुर आंखें नीची किए हंसता रहा, पर बेनू को लगा कि एक पल के लिए जैसे उसके सब दुख दूर हो गए हों, और उसे लौंगवती का मुंह चंदनसिंह के फांसी से बचने का वर देता हुआ प्रतीत हुआ...

इस घड़ी उसे शारीरिक पुत्र और मानसिक पुत्र का फर्क नहीं छू सकता था, शायद कभी भी नहीं छू सकता था, पर इस घड़ी तो निश्चित रूप से नहीं...

बेनू के बस की बात होती तो वह चंदनसिंह के जेल से छूटने तक सनकुएं के जल में खड़ी ब्रह्मा के मानस-पुत्रों की भांति तप करती रहती। पर वह अपनी

मजबूरियां जानती थी–उसने सिर्फ सात दिन प्रार्थना करने का मन से प्रण किया।

शिवचरन ठाकुर उसके पीठ पीछे लौंगवती से कहता, "मानस-पुत्रों के तप की कथा तो लोग हमेशा जानेंगे, पर एक मानस-पुत्री ने कैसा तप किया, यह बात कोई नहीं जानेगा...शायद चंदनसिंह को भी कभी पता नहीं चलेगा..."

लौंगवती का मन जैसे डूबता हो– "अगर अपील खारिज हो गई, चंदनसिंह को सचमुच फांसी लग गई...तो इस मानस-पुत्री का क्या हाल होगा..."

बेनू के मन में जिसकी लगन लगी हुई थी, लौंगवती ने सिर्फ उसी की बातें की थीं। घर के और दुख-सुख की बात पूछकर उसके ध्यान को नहीं बंटाया था। पर सात दिन के बाद जब बेनू के विदा होने की रात आई तो लौंगवती का मन ऐसा डूबता महसूस हुआ कि उसने उससे बीती बातें छेड़ दीं...

बेनू सवेरे की पूजा करने के लिए जब नदी पर चली जाती थी, उसका नौकर, जो उसके साथ आया था, लौंगवती की रसोई में उसका हाथ बंटाता था और बेनू बीबी के साधु-स्वभाव की छोटी-छोटी बातें भी लौंगवती से कभी-कभी किया करता था। इस समय लौंगवती ने उसी की बात को दुहराया, "बेनू! तेरा नौकर अच्छा आदमी है। बता रहा था कि बाई तो सवेरे के समय नाम लेने योग्य है, पर मालिक का स्वभाव और है...तेरी कैसी निभती है?"

बेनू हंसने लगी। बोली, "तुम तो जानती हो, उनका तालों का व्यापार है। मैंने और तो कुछ उनसे लिया-दिया नहीं, पर एक चीज़ उनसे ज़रूर ली है, एक ताला, और मैंने उसे अपने विचारों पर लगा लिया है..."

बेनू हंस रही थी, पर लौंगवती रुआंसी हो गई। वैसे बात एक ही थी।

लौंगवती ने भरे मन से कहा, "ऐसी ब्याही होने से तो तू कुंआरी अच्छी थी, विचार तो अपने थे..."

बेनू शांत थी, हलकी आवाज़ में कहने लगी, "तुमने तो जतन करके देख लिया था, पर लड़की के लिए कुंआर-कोठा बनाने के वास्ते सिर पर मां-बाप की छत होनी चाहिए..."

लौंगवती दुख से भरी कहने लगी, "और अब मां-बाप की छत खुश है?

खाली हो गई है न तुझे बाहर निकालकर...”

बेनू के मन का धुआं कुछ थोड़ा-सा निकला, “अब तो मां भी जब बुलाती है, उसके घर जाने को जी नहीं करता...जब मैं मिन्नतें करती थी तब छत के नीचे रहने न दिया...”

और बेनू हिरखकर कहने लगी, “यह लछमन-रेखा सिर्फ सीता के पांवों के आगे नहीं थी, हर औरत के पैरों के आगे होती है। यह जो ब्याह होता है न, लछमन-रेखा के समान होता है, बस एक बार पैर उस रेखा को पार कर ले, उस लकीर-सी को, औरत लौटकर पीछे नहीं आ सकती...” और बेन सोच में डूबती हुई कहने लगी; “सीता का तो कोई राम था, उसे लंका से भी लौटा लाया, पर साधारण औरत का कोई राम नहीं होता जो उसे लौटा लाए...”

और बेनू चुप हो गई...

इसके आगे वह जगह थी, जहां बेनू ने सच ही कहा था–‘विचारों पर भी ताला पड़ जाता है...’

विचार आगे नहीं जा सकते थे, पीछे मुड़े। लौंगवती ने पूछा, “गांव में खबर-सी सुनी थी कि तेरे आदमी ने और भी कोई औरत रखी हुई है, कोई कुजातन, यह कहां तक ठीक है?”

“इसमें क्या खास बात है?” बेनू फिर हंस-सी पड़ी।

“वह साथ ही रहती है?” लौंगवती के दिल में हौल उठी।

“अलग है, पर साथ भी रहे तो क्या है...”

लौंगवती ने क्रोध से होंठ काट लिया। कहने लगी, “तो मां-बाप ने तुझे भरी खटिया पर दे दिया?”

पर बेनू शांत थी। कहने लगी, “तुम जानती हो, वह खटिया मेरी नहीं है, भरी हुई हो चाहे खाली...”

लौंगवती का मन दहल गया। वह समझ नहीं पा रही थी कि इस मानस-पुत्री को इस जन्म में यह कैसा शाप मिला था...

और कोई नहीं जानता–बूढ़े नौकर के साथ बेनू अपनी अंतरंग सखी लौंगवती के घर से अलीगढ़ आते हुए रेलगाड़ी के ज़नाने डिब्बे में जब बैठी थी, तब रात को एक स्टेशन पर जब गाड़ी खड़ी हुई तो एक आदमी प्लेटफार्म पर, बाएं से दाएं तरफ जाते हुए और फिर दाईं तरफ से बाईं तरफ जाते हुए उस डिब्बे को चोर आंखों से देख रहा था जिसमें बेनू बैठी हुई थी।

एक बार उसकी निगाह कुछ कम चोर-नज़र थी कि बूढ़े नौकर ने भी उसे देख लिया जब वह अपने डिब्बे से उतरकर बेनू से पानी-वानी पूछने के लिए आया था, जैसे वह हर स्टेशन पर आता था जिसपर गाड़ी रुकती थी। बूढ़े नौकर ने खिड़की के शीशे के पास होकर कहा, "बाबू! यह ज़नाना है, अगले डिब्बे की तरफ जाओ..."

डिब्बे में और औरतें भी थीं, बच्चे थे। गाड़ी के चलने के समय बेनू का नौकर उतरकर अपने मर्दाने डिब्बे में जा बैठा...

गाड़ी चल दी थी, पहले धीमी रफ्तार से चली, फिर जब रफ्तार तेज़ी पकड़ रही थी, बेनू ने पहला कौर तोड़ा। सीट पर खाने का डिब्बा खोलकर और छोटी तश्तरी को धो-पोंछकर उसका नौकर उसके लिए रख गया था।

रास्ते के लिए खाना लौंगवती ने तैयार करके साथ रखवा दिया था। और बेनू सिंध नदी का पवित्र जल एक ढक्कन वाले डोल में डालकर साथ ले आई थी...

और इस समय उसी पानी का घूंट भरते हुए बेनू सोच रही थी–यह पानी मैं अलीगढ़ नहीं ले जा सकती...वहां सब कुछ जूठा है, यह पानी भी वहां जूठा हो जाएगा...

और एक बेनू जैसे दूसरी बेनू से सवाल-सा कर रही थी-क्या इसका उलटा नहीं हो सकता? यह सुच्चा जल, जहां जो भी जूठा है, उसे पवित्र नहीं बना देगा?...

पर डोल से छोटे गिलास में पानी उंडेलकर पीते हुए एक बेनू दूसरी बेनू के कहे को गर्दानती नहीं लगती थी, क्योंकि वह पानी को न बचाकर रखना चाहती थी, न रास्ते में कहीं फेंक देना चाहती थी, इसलिए एक-एक घूंट पीते हुए उसे जैसे

खत्म कर रही थी...

जब गाड़ी तेज़ हो गई, डिब्बे का दरवाज़ा खुला और वह आदमी, जो उस समय जब गाड़ी खड़ी थी, इस डिब्बे को गौर से देख रहा था, अंदर आ गया...

डिब्बे की सब औरतें कांप गईं।...

आगन्तुक—कोई नहीं जानता—मध्य प्रदेश का मशहूर खैरा डाकू था, जिसने सिंध नदी में सात दिन तप करने वाली बेनू का यह भेद जान लिया कि वह अलीगढ़ के मशहूर व्यापारी की पत्नी है और किसी मिन्नत-मुराद के लिए इस ओर आई है, और एक बूढ़ा नौकर उसकी सेवा में हर समय हाज़िर रहता है...

उसने बेनू को नदी में स्नान करते हुए दूर से देखा था, और किसी भेदिये के ज़रिए यह भी पता चला लिया था कि नदी में स्नान करने वाली औरत के पास गहना-पत्ता भी नहीं है, पर इतने बड़े व्यापारी की घरवाली खाली-बुच्ची हो, यह बात उसने नहीं मानी थी।

और बेनू की वापसी पर उसने निगाह रखी थी।

बेनू को, जब वह नदी में खड़ी थी, उसने दूर से देखा था, पर बूढ़े नौकर को उसने नज़दीक से देखकर पहचान लिया था और अब हर स्टेशन पर वह बूढ़ा नौकर जिस ज़नाने डिब्बे के फेरे कर रहा था, उससे उसने उस डिब्बे में बेनू की मौजूदगी का अनुमान लगा लिया था....

खैरा जिस समय अपने पंचफेरे को कंधे पर रखे और उसे चादर में छिपाए गाड़ी के इस डिब्बे में आया, डिब्बे में बैठी और लेटी हुई औरतों के गले सूख गए...

खैरा शायद आवश्यकता पड़ने से पहले दहशत फैलाना नहीं चाहता था, हलीमी से बोला, "ओहो...यह ज़नाना डिब्बा है...मैं पानी पीने गया था कि गाडी चल दी...अंधेरे में जो भी डिब्बा सामने आया उसी पर चढ गया..."

और खैरा ने अपने होठों पर इस तरह जीभ फेरी जैसे बहत प्यासा हो, और गाड़ी के चलने की आवाज़ सुनकर पानी भी नहीं पी सका हो...

बेनू ने अपने चांदी के गिलास को धोया और उसमें डोल से पानी उड़ेलकर

उसके आगे करते हुए बोली, "कोई बात नहीं, भाई साहब! अगले स्टेशन पर उतर जाइएगा। यह लीजिए पानी–यह सिंध नदी का पवित्र पानी है..."

खैरा ने एक बार फिर बेनू की सोने-चांदी से बिलकुल खाली बांहों की ओर देखा और चकित-सा होकर उसने पास आकर पानी का गिलास ले लिया।

बेनू पानी को अलीगढ़ ले जाने या न ले जाने की दुविधा में पड़ी हुई थी, अब जैसे खिल उठी। कहने लगी, "यह पवित्र जल न जाने आपके पीने के लिए ही था, भाई साहब! कि मैं इतनी दूर से इसे लिए चली आ रही हूं..."

बेनू की सब दुविधा मिट गई, पर खैरा के मन में सचमुच दुविधा पैदा हो गई–क्या सचमुच इस सेठानी औरत के पास कोई सोना-पैसा नहीं?

खैरा ने पानी पीते हुए एक बार फिर बेनू की बांहों के ऊपर उसके गले की ओर देखा जहां सोने की पतली-सी जंजीर भी नहीं थी, और फिर अपनी चोर-नज़र छुपाने के लिए नीचे सीट की ओर देखने लगा–जहां एक पीतल की रकाबी में दो पूरियां और आलू की भाजी पड़ी हुई थी।

इसी समय सामने की सीट पर से एक जागा हुआ बच्चा भी बेनू के सामने रखी हुई पूरी की ओर हाथ बढ़ा रहा था, सो, बेनू ने डिब्बे में से एक पूरी निकाली और उस पर दो आलू रखकर उसको गोल पूनी-सी बनाकर बच्चे की ओर हाथ बढ़ाया, और देखा–कि पास खड़ा हुआ आदमी पूरी-आलू को बड़े गौर से देख रहा है...

वह न जाने क्या सोच रहा था, क्या देख रहा था! बेनू को लगा–जैसे इस आदमी को प्यास के साथ-साथ भूख भी बहुत लगी हुई थी।

बेनू मन की जिस दशा में थी, वह एक साधारण औरत के साधारण मन की दशा नहीं थी, वह मुरादें पूरी करने वाली सिंध नदी में मल-मल नहाकर, सिंध नदी का रूप हो गई थी, मुरादें पूरी करने वाली...

वह तृप्त मन से कहने लगी—"भाई साहब! ये पूरियां जूठी नहीं हैं, अगर आपको भूख लगी हो, तो आप ही डिब्बे में से निकालकर खा लीजिए।"

और कोई नहीं जानता–न कभी जानेगा–कि खैरा डाकू के मन में बेनू की

आवाज़ एक ठंडे फाहे के समान बैठ गई...शायद हर जीव-जंतु के मन में कहीं कोई छिपा हुआ घाव होता है, और खैरा के मन में भी था, और वहां बेनू की आवाज़ नरम और ठंडे फाहे की तरह लग गई...या शायद यही निराशा थी कि बेनू के किसी भी अंग पर एक तोला सोना नहीं था, और खैरा को आज का दिन व्यर्थ जाने का विश्वास हो गया था, सो वह एक ठंडी सांस लेकर और सिकुड़कर बेनू वाली सीट की पट्टी पर बैठ गया...

पर खैरा चकित था कि रात व्यर्थ जाने के गुस्से का उसके मन में कोई बल नहीं पड़ रहा था, बल्कि उसे सचमुच भूख-सी लगने लगी थी...

उसने धीरे से हंसकर एक बार बेनू की ओर देखा, फिर एक बार पूरियों के डिब्बे की ओर...

बेनू ने पूरियों का डिब्बा, और आलू की भाजी का डिब्बा, दोनों उसके आगे रख दिए...

खैरा ने डिब्बों से हाथ नहीं लगाया, सिर्फ चादर में से दोनों हाथ निकालकर बेनू के आगे इस तरह पसार दिए जैसे मंदिर में प्रसाद मांग रहा हो...

बेनू ने पानी से दाहिना हाथ धोकर डिब्बे में से पूरियां निकालीं, ऊपर सूखे आलू रख दिए, चटनी भी, और उन्हें खैरा के फैले हुए हाथों पर रख दिया...

खैरा ने पूरियां खाईं, गिलास आगे बढ़ाकर पानी मांगा, और चांदी के गिलास को धोकर बेनू के आगे रख सीट से उठकर खड़ा हो गया।

इस सारे समय में खैरा ने उसे भाई कहने वाली बेनू की ओर मुड़कर नहीं देखा, न डिब्बे की किसी और औरत की ओर, और डिब्बे के दरवाज़े के पास इस तरह जाकर खड़ा हो गया जैसे अगले स्टेशन पर गाड़ी के रुकने की प्रतीक्षा कर रहा हो...

स्टेशन शायद दूर था–गाड़ी की एकसार आवाज़ कहीं से भी नहीं टूट रही थी कुछ औरतें फिर ऊंघ गई थीं, कुछ भयभीत-सी आंखें खोले उसी तरह बैठी हुई थीं, और औरतों के इस डिब्बे में एक आदमी दरवाज़े को पकड़कर बुत बना खड़ा था।

बेनू भी ऊंघ गई–शायद कुछ मिनटों के लिए ही, पर मिनटों के इस अर्से में ही वह मन की एक विचित्र अवस्था से गुज़र गई :

सपना आया–वह एक सफेद हंसिनी थी।

वहां, न जाने कहां, एक मानसरोवर था।

और उसके साथ एक सफेद हंस अठखेलियां करता हुआ मोती चुग रहा था...

और फिर जंगल में गोली चलने की आवाज़ आई।

और हंस के सफेद पंखों में से लाल लहू बहने लगा।

और एक शिकारी ने झपट्टा मारकर घायल हंस को सरोवर में फेंक दिया, और हसिनी को दोनों हाथों में पकड़ लिया...

हंसिनी ने उसके हाथों से छूटने के लिए इतना ज़ोर लगाया कि उसके कितने ही पंख टूट गए।...

और फिर वह हंसिनी, शिकारी के हाथों में पकड़ी हुई ही, काली स्याह हो गई...

और शिकारी ने उसे काली कौवी समझकर छोड़ दिया।

और वह काले पंखों वाली हसिनी जंगल में उड़ने लगी...

जंगल बहुत बड़ा था, और हंसिनी के कई पंख टूट चुके थे, और वह बहुत उड़ भी न पाती थी।

वह जंगल में उड़ते हुए एक सरोवर को खोज रही थी।

और फिर सरोवर मिल गया।

उसने सरोवर के पानी में डुबकी लगाई और उसके काले पंख फिर सफेद हो गए—

अचानक गाड़ी की एकसार खड़-खड़ एकदम रुक गई जिससे बेनू की नींद

टूट गई।

औरतें खिड़कियों से बाहर देख रही थीं, कह रही थीं, "स्टेशन तो कोई नहीं है, गाड़ी क्यों खड़ी हो गई?" इंजन की सीटी बार-बार ज़ोर-ज़ोर से सुनाई दे रही थी। दरवाज़े के पास खड़ा आदमी कह रहा था, "स्टेशन पास ही है, पर सिगनल नहीं हुआ, इसलिए गाड़ी रुक गई है।" और इतना कहकर वह दरवाज़ा खोलकर नीचे उतर गया...

गाड़ी फिर एक हिचकोले के साथ चलने लगी और बेनू अपने अभी देखे हुए सपने के अचम्भे में जागती रह गई। वह सोच रही थी–यह सब इस नदी के पानी का कौतुक है...

और अचम्भे के साथ-साथ बेनू के मन में धीरज भी आया–वह ज़रूर जेल से छूट जाएगा, नहीं तो मैं सपने में कौवी से हंसिनी कैसे बन गई...

आज बेनू को पहली बार–ब्याह के बाद पहली बार–अपना-आप हंसों के पंखों के समान उज्ज्वल प्रतीत हुआ...

गाड़ी रुक गई। स्टेशन आ गया। रात का जादू टूट गया।

बेनू का बूढ़ा नौकर बहुत घबराया हुआ डिब्बे में आया और सब कुशल-मंगल देखकर ज़ोर से सांस लेता हुआ बेनू के निकट होकर कहने लगा, "मालकिन! घर पहुंचकर मैं हनुमान के मंदिर में प्रसाद चढ़ाऊंगा।"

"क्या हुआ?" बेनू हैरान-सी हो गई, पर बोली, "इतनी दूर सिंध नदी में प्रसाद चढ़ाने से तुम्हारी तसल्ली नहीं हुई?"

"नहीं मालकिन!" वह कहने लगा, "हमारे डिब्बे में पिछले स्टेशन से कोई तीन जने चढ़े थे, पता नहीं कौन थे। अभी कुछ देर पहले जब गाड़ी स्टेशन से परे खड़ी हो गई थी, वे वहां उतर गए...बाद में डिब्बे के लोग कह रहे थे कि वे किसी डाकू के साथी थे...लोगों को डर था कि आज गाड़ी में डाका पड़ेगा...उनका मुखिया भी शायद गाड़ी में था...न जाने किस डिब्बे में...और फिर न जाने क्या हुआ...सबके सब उतर गए...वह भी उतर गया होगा, नहीं तो सब क्यों उतरते..."

बेनू कुछ भी कहने या पूछने की जगह उसके मुंह की ओर ताकती रह

गई...

वह कह रहा था, "पर सब तरफ कुशल-मंगल दिखाई देती है, नहीं तो अब तक स्टेशन पर हल्ला मच गया होता..."

गाड़ी ने चलने की व्हिसिल दी और बूढ़ा नौकर मालकिन की खैर-खैरियत देखकर अपने डिब्बे में चला गया...

गाड़ी चल पड़ी। पानी का खाली डोल, जिसमें बेनू सिंध नदी का जल भरकर लाई थी, गाड़ी के हिचकोलों से हिलने लगा। बेनू को लगा–वह खाली हिल रहा डोल जैसे उससे कह रहा हो, 'यह मेरे जल का कौतुक था–वह न जाने कौन था, क्यों डिब्बे में चढ़ा था, पर तुम्हारे हाथ से यह जल पीकर वह जैसे आया था, वैसे ही चला गया...'

और हंसिनी वाले सपने ने इस घटना के साथ मिलकर. बेनू के होंठों पर मुस्कराहट ला दी–और रेलगाड़ी के पूरे सफर में यह मुस्कराहट बेनू के होंठों पर बनी रही....

उन्नीस

सब जानते हैं–चंदन को जब फांसी का हुक्म हो गया, उसके माता-पिता और भाई कई दिन और कई रात घर के फर्श पर हारे-बुझे-से पड़े रहे। कभी पानी का एक घूंट ऐसे पी लेते जैसे कोई मरने वाले के मुंह से पानी लगाता हो। रोटी गले से नीचे नहीं उतरती थी, कौर अंदर जाने से पहले बाहर को आता था, मुंह का रंग धूल जैसा हो गया था...

कभी घर का दरवाज़ा खड़कता, कोई पड़ोसी सहानुभूति से मिलने आ जाता, या वकील अमील के बारे में कुछ बात सोचकर आता, तो चंदन के बूढ़े माता-पिता और उसका जवान भाई दरवाज़े की ओर इस तरह देखते जैसे उन मरते हुओं के सिरहाने कोई दीया-बत्ती जलाने आया हो।

पर कोई नहीं जानता–जेल की सीखचों वाली कोठरी के शीतल अंधकार में चंदन एक तपते हुए अंधेरे की भांति किस तरह जल रहा था...

उसका जागना और सोना जैसे एक-सा हो गया था। आंखों के आगे जो कुछ फैलता और सिमटता था, पता नहीं लगता था कि वह जागृति का हिस्सा था या नींद का...

एक जंगल था, हड्डियों से भरा हुआ, और चंदन उस जंगल की एक-एक हड्डी को गौर से देखता हुआ अपनी हड्डियों को ढूंढ़ रहा था...

यह शायद एक रात का सपना था जो रात में से निकलकर दिन के घेरे में भी आ गया था और चंदन मौत के पल में से गुज़रे बिना मरने के बाद की अपनी हड्डियां चुन रहा था...

एक ही समय में जीवित भी और मरा हुआ भी...

इसी जंगल के सपने में एक नदी का सपना भी मिल गया था–चंदन को अपनी जीभ प्यास से अकड़ी हुई मालूम होती है और वह दूर से दीख पड़ने वाली नदी के पास जब दौड़कर पहुंचता है, नदी लहू की हो जाती है...

एक दिन सवेरे के समय वह जागने से पहले सपना देख रहा था और जागने और सोने के फर्क को जाने बिना उसने जब कोठरी में पड़े हुए पानी के सकोरे को मुंह से लगाया–उसे नदी के लहू की ऐसी दुर्गन्ध आई–उसने चीख मारी और सकोरे के पानी को लुढ़का दिया...

और चंदन ने जैसे अपनी आंखों से अपने प्रेत को देखा। देखा कि कुछ लोग एक औरत के गिर्द बैठकर आग की धूनी लगा रहे हैं और चिमटों से उस औरत को मार रहे हैं...धूनी का धुआं इतना गाढ़ा है कि औरत का मुंह नहीं पहचाना जाता...फिर धुआं कुछ कम हो जाता है, और वह देखता है कि वह बेनू है...वह

दौड़कर बेनू को छुड़ाने लगता है कि एक बहुत बड़ा लोहे का चिमटा उसके मुंह पर लगता है...और इर्द-गिर्द खड़े हुए लोग कहते हैं– 'बेनू को चंदन का प्रेत चिपट गया है...सारी रात उसे चिमटे मारते हैं, लेकिन प्रेत नहीं निकलता...'

सब जानते हैं–चंदन चाहे जेल की सीखचों वाली कोठरी में था, पर जीवित था। पर कोई नहीं जानता–चंदन ने जीते-जी अपनी चिता की हड्डियां चुनी थीं... पानी को नदी से अपना लहू पिया था...और अपना वह प्रेत भी देखा था जिसे लोग चिमटों से बेनू के शरीर में से निकाल रहे थे...

बेनू...कभी-कभी चंदन के मुंह से यह नाम निकलता और लोहे के सीखचों से टकराकर वहां पर ही, चंदन की जेल की कोठरी में, घायल होकर गिर पड़ता...

बीस

सब जानते हैं–बेनू जिस समय सिंध नदी का तप-स्नान करके लौटी और यह खबर बेनू के माता-पिता को भी मिली, तो बेनू की मां ने सिंध नदी के प्रताप से अपना जतन मिलाकर उस प्रताप को बढ़ाने के लिए बेनू को चार दिन के लिए मायके बुला लिया।

"औलाद के बिना औरत की जड़ धरती में नहीं लगती।" बेनू की मां ने गांव के पाधाजी को बारीक मलमल की धोती और पांच रुपये चढ़ाकर कोई उपाय पूछा कि जैसे-तैसे बेनू की कोख हरी हो।

मां के कलेजे को अंदर से एक भय चीर रहा था–कि अगर इसी तरह और चार बरस बीत गए और बेनू के घर औलाद नहीं हुई तो क्या पता वह व्यापारी का पूत कोई और ब्याह रचा ले। उसकी पहली रखैल की बात भी किसी से छिपी

हुई नहीं थी, चाहे वह कुजात की थी, परजात वाली भी, अगर पास दाने हों, तो सात सवाई मिल जाती हैं...

सो, पाधा ने बेनू की मां को जहां दान-पुण्य के और उपाय बताए थे, वहां एक यह उपाय भी बताया था कि मंगलवार के दिन बेनू को नहला-धुलाकर उसके हाथ में एक मूंगे की अंगूठी पहना दी जाएं।

मां ने जौहरी को उसके काम के दाम तो दिए ही, साथ में पुण्य के नाम पर उससे मिन्नत भी की कि वह परखकर सच्चा पत्थर दे, ताकि उसके असर में कोई कोर-कसर न रह जाए। और जब लाख के रंग का मूंगा सोने के तार में लिपटा हुआ घर आ गया तो बेनू की मां ने किसी के हाथ बेनू के पास भेजने की जगह बेनू को ही बुलवा लिया।

मां बेनू की लापरवाह तबीयत को जानती थी, और उसे भरोसा नहीं था कि आंखों से दूर बैठी बेनू उस विधि के अनुसार मूंगे को धारण करेगी जो पाधा ने बताई थी। इसलिए अपनी आंखों के सामने वह बेनू को अंगूठी पहनाना चाहती थी।

बेनू आई। मंगलवार में अभी पूरे तीन दिन बाकी थे। मां ने घर के एक चबूतरे को लीप-पोतकर स्वच्छ किया, और बेनू के मन में श्रद्धा जगाने के लिए, जैसे पाधा ने बताया था, उसे समझाती रही–"मंगल किसी स्थान पर अड़चन डाल रहा है, पर इस पत्थर में बल होता है, यह पति की रक्षा भी करता है और इससे जो मुराद मांगो, वह भी देता है..."

बेनू चुप सुनती रही। पहले दो दिन तो एक कान से सुनती और दूसरे कान से बाहर निकालती रही, पर फिर शायद सारे आडम्बर का कोई एक पक्ष उसके मन में घर कर गया, वह मां के उत्साह के साथ अपना उत्साह मिलाकर सोमवार की रात को सोते हुए भी मंगलवार की प्रतीक्षा करने लगी।

मंगलवार की लौ के साथ ही बेनू जाग उठी। उसने भरी गागर से सिर से पैर तक स्नान किया, और गीले बालों को निचोड़ते हुए, कोरी धोती लपेटकर उस चबूतरे पर एक साधुनी की भांति बैठ गई।

मां ने एक कटोरी में दूध डाला और एक कटोरी में पानी, दोनों कटोरियां बेन के आगे रखकर रेशमी रूमाल के किनारे में लपेटी हुई मूंगे की अंगूठी सामने

रख दी। पास ही एक कटोरी में धूप जलाकर रख दी।

बेनू ने,जैसे मां ने कहा, वैसे ही पहले मूंगे की अंगूठी को दूध में धोया, फिर पानी में। और इस तरह सात बार दूध और पानी में धोकर, धूप के धुएं से अंगूठी को छुआकर, उसे उंगली में पहनने से पहले, आंखें बंद करके अपनी मन्नत मांगी।

पर कोई नहीं जानता–बेनू ने क्या मांगा...

मां ने कहा था–'पति की कुशल-याचना करके अपने लिए पुत्र का दान मांगना...'

पर बेनू ने बंद, फड़कते हुए होंठों से दैवी शक्ति को संबोधन किया और कहा, "जिसे पहले दिन से जिस रूप में माना था, केवल वह ही मेरे लिए उसी रूप में है, चाहे मुंह से कहने के लिए अब मेरी जीभ कटी हुई है...पर ऐ मेरे ईश्वर! तुझे मेरी कटी हुई जीभ का वास्ता है, चंदन भले ही पराया हो जाए, किसी का भी पति बने, पर वह जीता रहे..." और बेनू ने दूध और पानी से और धूप के धुएं से पवित्र की हुई अंगूठी दाहिने हाथ की तीसरी उंगली में पहन ली।

मन के बोल साबुत थे, पर किस्मत के उतार-चढ़ाव के साथ बेनू के हाथ की उंगली कांप रही थी।

न बेनू की मां ने कुछ जाना, न संसार के और किसी व्यक्ति ने, कि बेनू का चंदर से क्या रिश्ता था और आज उसने अपने लिए क्या मांगा था।

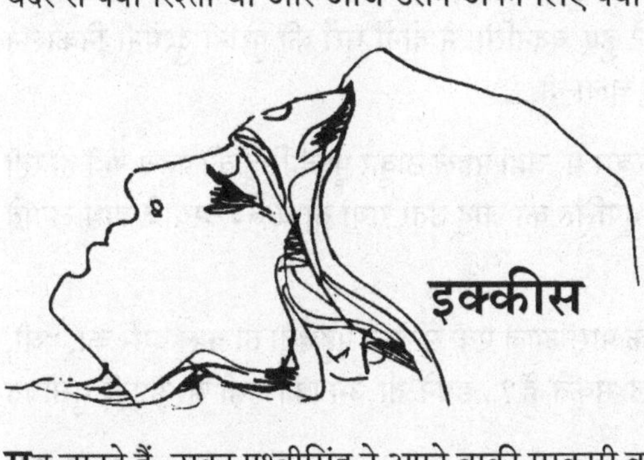

इक्कीस

सब जानते हैं–ठाकुर पृथ्वीसिंह ने अपने बाकी सरकारी बांड भी रुपये में चार आने के हिसाब से बेच दिए थे और चंदनसिंह के मुकदमे की अपील के लिए कुछ पैसा

हाथ में कर लिया था।

मलखानसिंह ने सिर्फ गेरुए रंग के कपड़े ही पहनना नहीं शुरू कर दिया था, वह तन-मन से त्यागी हो गया था। रामपुर वाली कोठी भले ही शहर के बहुत ही निर्जन स्थल में थी, पर संगीत के रसिया प्रभात के उजाले के समय उस कोठी के आसपास चक्कर लगाया करते थे। कानों में पड़ी मलखान के तानपूरे की आवाज़ दिमाग में झंकार छेड़ देती थी, और इसके साथ ही भजनों के बोल 'करमन की गति न्यारी रे, साधो! करमन की गति न्यारी...' मानो आत्मा में रस बरसाते थे...

और इन्हीं दिनों एक घटना हो गई थी–चौधरी भूपसिंह चंदनसिंह की फांसी का हुक्म सुनकर रोज़ खुशी में बेहिसाब शराब पी रहा था। उसने जिगर की पीड़ा से जो चारपाई पकड़ी तो फिर उससे न उठा।

दतिया के शिवचरन ठाकुर खुद चलकर ठाकुर पृथ्वीसिंह के पास आ गए थे, और पहले वकील से मिलकर उन्होंने सिर्फ रहम की अपील ही नहीं की थी, मुकदमे की दोबारा सुनवाई का हुक्म भी ले लिया था...

हादसे की तफसील वही थी, पुरानी, लेकिन गांव के गवाहों के सिर से चौधरी भूपसिंह का भय उतर जाने के कारण सारी बात का रंग ही बदल गया।...पहले मकदमे में इतना भी साबित नहीं हो सका था कि चौधरी भूपसिंह के भेजे हुए आदमी ठाकुर पृथ्वीसिंह के कत्ल के लिए खुद उसकी गढ़ी में आए थे। बल्कि उलटा दोष लगा था कि ये पांचों तो गढ़ी के बाहर एक पेड़ के नीचे बैठे सुस्ता रहे थे कि शिकार से लौटे हुए चंदनसिंह ने दोनों घरों की पुरानी दुश्मनी निकालने का मौका ताड़कर बंदूक चला दी...

और सरकार के दरबार में, जहां पहले ठाकुर पृथ्वीसिंह की पहुंच नहीं हो रही थी, वहां से जब चौधरी भूपसिंह का जादू उतर गया तो वे बंद दरवाज़े हाथ लगाते ही खुलने लगे...

ठाकुर पृथ्वीसिंह के पास आज एक सन्देशा पहुंचता तो कल दूसरे का, "जी, हम पुराने दिन कभी भूल सकते हैं?...हमने तो आपकी गढ़ी में अपनी मुसीबत के दिन बिताए हैं..."

और अब जब मुकदमे की सुनवाई फिर शुरू हुई तो गवाहियां बदल गई थीं।

पुराने गवाह सरकारी खौफ से कुछ तो गांव ही छोड़ गए थे, कुछ समय बिताने के लिए दूर इलाकों में चले गए थे। पर एक-दो ऐसे भी थे जिन्होंने कचहरी में साफ कह दिया था कि उन्हें भूपसिंह से जान का खतरा था इसलिए उन्होंने झूठी गवाहियां दी थीं, और वे लोग जो पहले न सच बोल सकते थे, न झूठ, अब नितरकर आगे आ गए...

फिर गिनती की पेशियां हुईं, और चंदनसिंह सारे मामले में निर्दोष साबित हो गया। फांसी का हुक्म रद्द कर दिया गया। केवल एक दोष उस पर लगता था–कि वह फरार क्यों हुआ। इसके लिए उसको तीन बरस की कैद की सज़ा सुनाई गई।

बाईस

पर कोई नहीं जानता–दूर शहर में जिस समय चंदनसिंह के मुकदमे की सुनवाई हो रही थी, और जिस समय फांसी के रस्से की भयानक कल्पना उसके गले से उतर रही थी, उस समय बेनू को घर के बराबर वाले मंदिर के कलश पर शंखचील बैठी हुई दिखाई दी...

और बेनू के मन में शंखचील के सफेद पंखों के समान एक विश्वास उत्पन्न हुआ कि जिस तरह एक दिन किसी शक्ति ने ब्रह्मा के मानस-पुत्रों की आवाज़ सुनी थी, उसी तरह उसने आज के मानस-पुत्रों की आवाज़ भी सुन ली है...

और बेनू अपने अंदर से उत्पन्न हुए विश्वास जैसी हो गई–"शिव-शक्ति! उसने कभी मेरा नाम शंखचील रखा था। कहता था, सफर पर जाओ तो शंखचील को देखना शगुन होता है...देखो, उसका सफर कितना लंबा हो गया...मैं उसकी शंखचील हूं।...मेरे नाम में मेरा गुण भर दो...उसने मेरा मुंह देखकर राह पकड़ी थी

...उसे कुछ नहीं हो सकता...वह बच जाएगा...मेरा दिल कहता है...।"

और बेनू को लगा–मानस-पुत्रों के विश्वास इतने उनकी छाती में उत्पन्न नहीं होते जितने प्रार्थना में जुड़े उनके हाथों से।

बरसों हो गए थे–बेनू के गिर्द एक ऐसा अंधेरा पसरा हुआ था जिसमें कुछ भी दिखाई नहीं देता था...

चंदनसिंह तो दिखता ही नहीं था, बेनू को अपना–आप भी दिखाई नहीं देता था...

रोज़ आने-जाने वाला सूरज भी अंधेरे को नहीं चीर पाता था...

बेनू कभी बैठती तो सोचती–यह कैसा अंधेरा है? शरीर के मांस की तरह शरीर से चिपटा हुआ...भीतर की हड्डियों पर लिपा हुआ...

मांस तो मल-मलकर धोया जा सकता है, गहरे सांवले रंग भी कभी दम-दम चमकते हैं, पर अंधेरा...

अंधेरे को धो सकने के लिए कुछ भी नहीं होता...मन की लौ भी अंधेरे को नहीं छू पाती...

कभी-कभी बेनू को लगता–यह चंदनसिंह की जेल की कोठरी का अंधेरा है, जो सारी दुनिया में फैल गया है...

जैसे खटाई का एक छींटा दूध के भरे हुए पतीले की जून बदल देता है ...बेनू सोचती–सूरज की सारी रोशनी को अंधेरे का जामन लग गया...

पर उस रात को मन की लगी ने, बेनू की आंखों के सामने, एक जादू-सा बिछा दिया...

चंदनसिंह कोसों का रास्ता तय करके बेनू के सपने में आया...

वही हरफूरी गांव था, जिसकी परती भूमि में बेनू भागती हुई जा रही थी ...पैरों का सारा ज़ोर लगाकर...राहों को पहचानती थी...पर फिर भी बावली-सी रास्ता निबेड़ने में लगी हुई थी...और रास्ता खत्म होने में नहीं आ रहा था...

वह जो भी रास्ता तय करती, वही फिर उसके पैरों के आगे आ जाता...

और फिर हंसती हुई बेनू को सूने रास्ते पर एक चरवाहा लड़का गाय का दूध दुहता दिखाई दिया...

बेनू ने पूछा कुछ नहीं, पर चरवाहे के लड़के ने बाएं हाथ मुड़ने वाली पगडंडी की ओर हाथ से इशारा किया जो पत्तों से लदी चिलोर के पेड़ के पास से घूमकर न जाने कहां चली जाती थी...

और बेनू उस पगडंडी पर मुड़ गई –

और फिर अचानक सामने वह तालाब वाला आमों का बगीचा आ गया जिसे वह चिरकाल से पहचानती थी...

बेनू ने आम के पहले दिखाई देने वाले पेड़ को हाथ लगाते हुए लंबी सांस ली, और फिर पल्ले की किनारी से माथे पर बहती हुई पसीने की धार पोंछकर तालाब की ओर चल दी...

और तालाब के किनारे चंदनसिंह खड़ा हुआ था...

वही लाज, जो चंदनसिंह को देखकर बेनू को पहले दिन आई थी, आज भी आई–पर चंदनसिंह ने बांह आगे बढ़ाकर बेनू को अपने कंधे से लगा लिया...

आज तक बेनू ने उससे बात करके नहीं देखा था, अब भी न बोला गया...

चंदनसिंह ही बोला, "मैंने कहा, तुम इंतज़ार कर रही होगी, पहले तुमसे मिल लूं..."

और चंदनसिंह ने बेनू को धीरज बंधाने के लिए उसकी पीठ पर हाथ फेरा...

बेनू ने आंखें उठाकर पहले चंदनसिंह की ओर देखा, फिर तालाब के पानी की ओर, और वहां सचमुच दो परछाइयां तैर रही थीं...

और बेनू खुशी से बावली हो गई। उसने आज तक चंदनसिंह का हाथ नहीं पकड़ा था, पर अब वह उसका हाथ पकड़कर चलने लगी...न जाने कहां जाने के

लिए...

पर चंदनसिंह के पांव वहीं के वहीं थे–वे हिलते नहीं थे–और बेनू ने घबराकर उसके पैरों की ओर देखा–पैरों में लोहे की बेड़ियां पड़ी हुई थीं...

और एक चीख के साथ बेनू की नींद टूट गई...

जाग गई, तो बेनू की बरसों की सूनी आंखों में बड़े-बड़े आंसू भरे हुए थे...

हर्ष और शोक दोनों मिल गए...

लगा–चंदनसिंह के सिर से फांसी की सज़ा टल गई थी, पर लोहे की बेड़ियां अभी भी उसके पैरों में थीं...

सोचने लगी...वह, जब उसका बस चला, सबसे पहले उससे ही मिलने आया...पर वे, दो कदम भी मिलकर धरती पर न चल सके...सपने में भी नहीं...

और उस रात बेनू ने, एक ही छाती में, हर्ष और शोक दोनों संभाल लिए...

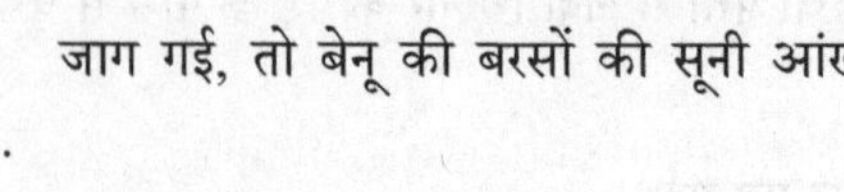

तेईस

सब जानते हैं–चंदनसिंह को जब फांसी की जगह तीन बरस की कैद की सज़ा सुनाई गई, उसके पिता और भाई की आंखों की बुझती हुई ज्योति दीयों की तरह जलने लगी...

मलखानसिंह के मुंह पर तो एक सुनहली लौ फिर गई। उसने कचहरी के दरवाज़े पर ही मस्ती में आकर बाहें तान ली और उसके होंठ कितनी ही देर तक

फड़कते रहे, "अजब तेरी लीला, अजब तेरी माया..."

ठकुराइन मां ने ऐसे काले अंधकारपूर्ण दिन देखे थे कि आज का उजाला दिन देखते हुए डर रही थी। सामने दिखाई दे रहा चंदन का मुंह कभी सपने जैसा लगता, कभी सच जैसा। अपनी किस्मत पर से जैसे उसे विश्वास उठ गया था। उसने पास बैठी हुई त्रिबेनी का मुंह-माथा चूम लिया। उसके मुंह से निकला, "तेरी किस्मत अच्छी है न...इसीलिए...इसीलिए..."

त्रिबेनी से आज अपनी आंखों को झपका नहीं जा रहा था। भरी कचहरी में वह चंदनसिंह के मुंह की ओर ऐसे ताकती रही थी मानो वह कोई अलौकिक मुनष्य हो...

पिछले दो बरसों में जो कुछ हुआ-बीता था, त्रिबेनी के मन पर जैसे दस बरस चढ़ा गया था...

आज कचहरी में बैठी त्रिबेनी के आस बंधी हुई थी कि चंदनसिंह छूट जाएगा, इसलिए चंदनसिंह के छोटे-छोटे कितने ही रूप उसके मन में उतारी हुई अलग-अलग तस्वीरों की भांति दिखाई देने लगे...

एक रूप था–एक शाम घर का बाहर का दरवाज़ा बंद करते हुए मां के हाथ से कुंडी छुड़वाकर हाथ में पिस्तौल ताने हुए चंदनसिंह का ज़बर्दस्ती उनके घर आ जाना और उस बच्ची-सी के आगे पिस्तौल तानकर खड़े हो जाना–और डरती हुई मां के पास से ज़बर्दस्ती रोटी मांगकर खाने लगना...

उस समय त्रिबेनी यूं तो पंद्रह बरस की थी, पर मन से बच्ची ही थी। उसे चंदनसिंह को हाथ में पिस्तौल लिए देखकर न रोना आया था, न डर लगा था–शायद इसलिए कि चंदनसिंह इतना सुंदर था कि त्रिबेनी की सुनी-सुनाई चोर-डाकुओं की कहानियों वाले चेहरों से उसका चेहरा नहीं मिलता था।

और फिर वह रूप था–जिस दिन वह डर से चीख उठी थी, वह सिपाही उसके पहने हुए कपड़े फाड़कर उतार रहा था और दरवाज़े के तख्ते तोड़कर चंदनसिंह एक देव की भांति आया था–कितना बहादुर...ईश्वर के सहारे के समान...

और अब एक वह रूप था–जो उसने देखा नहीं था, पर जिसकी अपने मन

में कल्पना करके वह रोज़ चकित होती थी...रानियों जैसी ठकुराइन मां जब कहती थी कि वह त्रिबेनी का चंदनसिंह से ब्याह कर देगी तो त्रिबेनी कितनी ही देर छिपकर शीशे में देखती रहती थी, और उसे शीशे में सिर्फ अपना मुंह ही नहीं दिखाई देता था–चंदनसिंह का भी दिखाई देता था...सेहरे वाला मुंह...

आज जब कचहरी से उठते हुए ठकुराइन मां ने उसका मुंह-सिर चूम लिया, उसे सारी दुनिया कुछ और ही दिखाई देने लगी...

और फिर सब जानते हैं–चंदनासिंह की कैद शुरू होने के समय ठाकुर पृथ्वीसिंह ने दरखास्त देकर सिर्फ पांच दिन के लिए चंदनसिंह को मांगा, उसका ब्याह करने के लिए...

न जात, न बिरादरी, न नाच, न नटनियां, न दरवाज़े पर हलवाई, न कनातें, सिर्फ अंदरखाने देवताओं को साक्षी करके, एक छोटी-सी रस्म परी करने के लिए...

चंदनसिंह पुलिस की बंद गाड़ी में पांच दिन के लिए मेहमान बनकर घर आया...

घर के बड़े कमरे में बड़ी दरी और उसके ऊपर सफेद चादरें बिछी हुई थीं, थोड़े-से गोल तकिए थे, और दीवारों पर पुराने विरसे की बाप-दादों की कुछ तस्वीरें। एक तस्वीर हाथ में बंदूक लिए और घोड़े पर चढ़े हुए चंदनसिंह की थी।

ड्योढ़ी में खड़े होकर ठकुराइन मां ने घर की दहलीज़ पार कर रहे चंदनसिंह के माथे पर तिलक लगाया और उसके सिर के ऊपर से पानी वारा...और फिर गंगा मां ने आगे होकर चंदनसिंह का माथा चूमा...

कमरे में आते हुए चंदनसिंह की नज़र दीवार पर लगी हुई अपनी तस्वीर पर पड़ी तो उसे लगा–जैसे वह अपने पिछले जन्म की तस्वीर देख रहा हो...

मलखानसिंह के कमरे के कोने में तानपूरा रखा हुआ था। उसने एक बार चंदनसिंह को गले से लगाया, फिर तानपूरे पर भजन छेड़ा, "गाओ सखि, गाओ मंगलचार मोर घर आए राम भरतार..."

ठाकुर पृथ्वीसिंह आज जीवितों में लौट आए थे। पुराने दिनों का गुमान चूर

हो चुका था। चंदनसिंह ने जब अपने पिता के पांव छुए, उन्होंने उसे गले से लगा लिया। दोनों वकीलों को भी बेटों के समान गले से लगाया, और चंदनसिंह के साथ जो दो सिपाही आए थे, उन्हें भी हाथ जोड़कर नमस्कार करके अंदर कमरे में बिठाया...

बस दो वकील और दो सिपाही, चंदनसिंह की यही बारात थी...

भजन के बाद कमरे में चाय और मिठाई आई तो उस समय चंदनसिंह ने शिवचरन ठाकुर से पूछा, "आपको सिर्फ आज पहली बार देखा है, मुकदमे के शुरू के दिनों में तो आप नहीं थे..."

शिवचरन ठाकुर ने संकोच से कहा, "मैं यहां का वकील नहीं हूं, दतिया का हुं..."

"बप्पा ने आपको दतिया से बुलाया?"

"मैं खुद ही आया था, इस मुकदमे का हाल सुनकर..."

चंदनसिंह कुछ हैरान होकर शिवचरन की ओर देखने लगा।

शिवचरन को लगा–चंदनसिंह को इससे अधिक बताना चाहिए, सो कहने लगा, "आपके हरफूरी गांव में मेरी ससुराल है, इसलिए इस मुकदमे में मेरी दिलचस्पी थी..."

चंदनसिंह के मुंह पर से एक परछाईं-सी गुज़र गई...

फिर एक चुप-सी की छाया में से निकलकर चंदनसिंह ने पूछा, "हरफूरी गांव वालों को मैं बहुत नहीं जानता, पर आपके ससुर कौन-से ठाकुर हैं?"

शिवचरन ठाकुर के लिए अब मुश्किल आ पड़ी थी। ज़रा देर चुप रहा–पर जवाब देना था, दिया, "ठाकुर रघुबीरसिंह...आपकी रिश्तेदारी में ही हैं..."

शिवचरन जानता था कि जवाब अधूरा था, इससे चंदनसिंह की तसल्ली नहीं हुई थी, पर वह बात को आगे नहीं बढ़ा सकता था।

चंदनसिंह ने ही ठहरकर पूछा, "ठाकुर रघुबीरसिंह को मैं नहीं जानता...उन्होंने

ही आपको मुकदमे के लिए भेजा?"

"नहीं...उनकी लड़की ने...मेरी घरवाली ने...लौंगवती ने..." शिवचरन को इतना कहना ही पड़ा...

चंदनसिंह का सांस भीतर गहरा हो चला...

शिवचरन को तो कुछ कहना नहीं था, चंदनसिंह भी न बोल सका...

ठकुराइन मां ने पिछले आंगन में चौकी डलवा दी और चंदनसिंह के नहाने के लिए पानी गर्म करके रखवा दिया।

रामपुर के लोग आज तक दंतकथा सुनाते हैं, चाहे किसी ने जाकर आंखों से नहीं देखा, घर की महरियां और नौकरों से ही सब कुछ सुना था, कि किसी तरह मानिकपुर वाले ठाकुर पृथ्वीसिंह के कुंवर चंदनसिंह का अलौकिक विवाह हुआ...

अंदर के आंगन में जब चंदनसिंह को चौकी पर बिठाया गया, उसके दोनों ओर, थोड़ी दूर पर, दो सिपाही खड़े हुए थे और ठकुराइन ने उबटन का शगुन करने के बाद, साबुन की टिकिया और गर्म पानी उसके नहाने के लिए आगे रख दिया था...

चंदनसिंह को न घोड़ी पर चढ़ना था, न दरवाज़े पर बारात जोड़नी थी, सो नहा-धोकर, मलमल की सफेद धोती और सिल्क का कुरता पहनकर, अंदर की बैठक में आकर बैठ गया।

ठाकुर पृथ्वीसिंह ने दोनों वकीलों को सगे-संबंधियों के समान न्यौता दिया हुआ था, इसलिए वे भी ब्याह की रस्म तक वहां रहे।

चंदनसिंह ने कमरे के कोने में गोल तकिए, और दीवार के साथ सहारा लगाकर जैसे थककर आंखें बंद कर लीं...

बड़े ठाकुर, ठकुराइन और मलखान पास वाले छोटे कमरे में पंडित के साथ मंडवा गाड़ रहे थे, और हवन की सामग्री इकट्ठी कर रहे थे..

चंदनसिंह ने आंखें खोलकर परे बैठे हुए शिवचरन की ओर देखा, फिर उसे

इशारे से अपने पास बुलाया...

शिवचरन आकर पास बैठ गया, तब भी चंदनसिंह कितनी ही देर तक कुछ न पूछ सका...

फिर, मुश्किल से, उसने पूछा, "लौंगवती अच्छी तरह है?"

शिवचरन ने सिर से भी और ज़बान से भी मुश्किल से 'हां' कहा। वह जानता था–चंदनसिंह क्या पूछना चाहता है, पर जो कुछ बताने योग्य था, वह बता नहीं सकता था...

चंदनसिंह बहुत देर तक चुप रहा, पर जिसने बरसों की चुप संहार ली थी, इस समय उसे पलों की चुप सहारना कठिन हो गया।

"और वह?"–चंदनसिंह ने जैसे कटी हुई जीभ से पूछा।

शिवचरन को लगा–बात की तरफ से बिलकुल अनजान बन जाना, न स्वाभाविक था, न संभव। धीरे से बोला, "वह भी ठीक है।"

चंदनसिंह के मन में उलझन-सी पैदा हुई। उसने कहा, "उसका तो ब्याह हो गया होगा? कब हुआ?"

शिवचरन को लगा–इस बात को पूछना और बताना शायद बहुत ज़रूरी था शायद चंदनसिंह को अपने विवाह के समय मन पर बोझ-सा महसूस हो रहा था। इसलिए शिवचरन ने संक्षेप में, पर साफ-साफ कहा, "वह तो तभी तय हो गया था, जब गढ़ी में कत्ल हुए थे..."

इसके बाद चंदनसिंह ने कुछ नहीं पूछा। आंखें बंद करके गोल तकिए और दीवार का सहारा ले लिया।

चौबीस

सब जानते हैं–सिपाहियों के पहरे में हवन हुआ, गंगा ने त्रिबेनी का कन्यादान किया, और ठकुराइन ने बहू-बेटे के सिर पर वारफेर करके त्रिबेनी के पांवों में बिछुए पहना दिए।

और चंदनसिंह दरवाज़े पर बैठे हुए सिपाहियों के पहरे में चार रातें त्रिबेनी के साथ बिताकर, तीन बरस के लिए जेल चला गया।

फिर बरस के अंदर-अंदर त्रिबेनी के पुत्र का जन्म हुआ, और छः महीने के बाद ठकुराइन अपने पोते की मन्नत चढ़ाने के लिए, ठाकुर पृथ्वीसिंह के साथ गंगा-स्नान करने चली गई...

पर कोई नहीं जानता–कि बेनू को भी एक मन्नत चढ़ानी थी। लौंगवती और शिवचरन से उसे सब कुछ पता चलता रहता था। ठाकुर और ठकुराइन के तीर्थयात्रा पर जाने का जब उसे पता चला तो वह रामपुर के बड़े डॉक्टर से इलाज करवाने के बहाने रामपुर आई...

गंगा रसोई में थी, त्रिबेनी अपने बेटे को बाहर के बगीचे में खिला रही थी, जहां आजकल ककैना बेतहाशा खिला हुआ था।

बेनू बड़ी ताव से आई। सारा घर-द्वार, बाग-बगीचा, दीवार, चौखट, शिवचरन की आंखों से वह ऐसे देख चुकी थी कि उसे सब कुछ जाना-पहचाना-सा लगा।

त्रिबेनी भी पहचानी हुई लगी, जिसे न जाने वह चंदनसिंह की आंखें बनकर कितनी ही बार देख चुकी थी।

पर त्रिबेनी के लिए बेनू अजनबी थी।

वैसे बेनू का चेहरा, उसका पहनावा, उसकी बोलचाल, ऐसी ताव वाली थी कि त्रिबेनी ने आदर से हाथ जोड़े, और उसे अंदर कमरे में ले गई।

"ठकुराइन मां तीर्थ करने गई हुई है," त्रिबेनी ने झिझककर कहा। उसे न ठाकुरों के घर-घराने के बारे में कुछ मालूम था, न दूर-पास की रिश्तेदारी के बारे में। इस ठाकुर घराने की रही-सही अमीरी भी त्रिबेनी की आंखों को चौंधियाने के लिए काफी थी। ठकुराइन मां का इतना रोब था कि त्रिबेनी को अपना-आप नगण्य प्रतीत होता था, इसलिए वह बीते समय की बातें उत्साहपूर्वक कभी नहीं पूछती थी। ठकुराइन कभी रौ में आकर जो खुद सुनाती थी, वही सुन लेती थी।

बेनू ने आंख भरकर बच्चे को देखा तो गंगा की एक लहर जैसे उसकी छाती को छू गई। बेनू ने त्रिबेनी की गोद से जिस समय बच्चे को अपनी गोद में लिया, त्रिबेनी खुश हो गई। उसके मन में आया–कितनी अमीर ठकुराइनें मेरे बेटे को गोद में लेकर बैठती हैं...

त्रिबेनी भले ही चंदनसिंह की ब्याहता स्त्री थी, पर चंदनसिंह को उसने जिस दशा में देखा था, बस, उतना ही जानती थी और वही उसके लिए बहुत था।

बेनू को बच्चे को प्यार करते देखकर त्रिबेनी गर्व से बोली, "आपने बीबी! इसके पिता को नहीं देखा है, यह उन जितना सुंदर नहीं है।"

और बेनू ने बच्चे को गले लगाकर एक पल के लिए पलकें मूंद लीं।

त्रिबेनी के घर वैसे भी कभी कोई मेहमान नहीं आया था और अब ठकुराइन की अनुपस्थिति में जो आया तो त्रिबेनी को पहली बार घर की मालकिन होने का एहसास हुआ। चाय-पानी लाने के लिए उठने लगी तो बेनू ने उसका हाथ पकड़कर पास बिठा लिया।

त्रिबेनी क्या बात करे, उसे कुछ सूझ नहीं रहा था। दीवार की ओर देखते हुए उसे चंदनसिंह की वह तस्वीर दिखाई दी जिसमें वह हाथ में बंदूक लिए घोड़े पर चढ़ा हुआ था, सो त्रिबेनी उसी की ओर इशारा करते हुए बेनू को बताने लगी, "वह देखो, बीबी! इसके पिता की तस्वीर!"

और कमरे में वही पल लौट आया जब खुद चंदनसिंह को अपनी तस्वीर देखकर लगा था मानो वह अपनी पूर्वजन्म की तस्वीर देख रहा हो। और अब बेनू को लगा जैसे वह अपने पहले जन्म में देखे हुए चंदनसिंह को देख रही हो।

"सच में वह बहादुर भी बड़े हैं..." त्रिबेनी ने गर्व से कहा।

बेनू हंस-सी दी। उसने शिवचरन की ज़बानी सुन रखा था कि चंदनसिंह ने फरार होने के समय, पीछे लगी पुलिस से बचने के लिए जिस घर में शरण ली थी, वह त्रिबेनी का और उसकी मां का घर था। और वह सारी छोटी-छोटी बातें भी सुन रखी थीं कि कैसे चंदनसिंह ने लड़की के आगे पिस्तौल तानकर मां को शोर मचाने से रोका था।

पर त्रिबेनी का मान रखने के लिए, वह त्रिबेनी के मुंह से सुनना चाहती थी। कहने लगी, "गांव में हमने बातें तो सुनी थीं कि उन्होंने तुम्हें पिस्तौल से किस तरह डराया था..."

त्रिबेनी हंसते-हंसते दोहरी हो गई, कहने लगी, "मैं तो नहीं डरी थी, पर मां डर गई थीं...मैं कैसे डरती? वह पिस्तौल तानकर मां से रोटी मांगने लगे और वहीं खड़े होकर खाने लगे..."

रसोई से गंगा की आवाज़ आई, "बेटी, बबुआ के लिए दूध ले जा..."

"आई मां!" कहकर त्रिबेनी रसोई की ओर चली गई।

बेनू बच्चे के पास अकेली कमरे में रह गई तो उसने एक बार बच्चे को कसकर कलेजे में लगाया और चूमा, फिर अंदर की कुरती में रखा हुआ सोने का तावीज निकालकर, पहले उसे अपने माथे से लगाया, फिर बच्चे के गले में डाल दिया।

दूध की बोतल लेकर जिस समय त्रिबेनी कमरे में आई, उसके साथ गंगा भी थी।

गंगा ने हाथ जोड़े और कहा, "बीबी! आपका स्वागत है। खाना बिलकुल तैयार है। उठिए, हाथ धो लीजिए।"

बेनू की आंखों में कुछ पानी-सा आ गया था, उसे छुपाते हुए बोली, "नहीं, मैं ठीक नहीं हूं, मुझे खाना मना है, एक गिलास पानी दे दीजिए।"

गंगा पानी लेने चली गई और त्रिबेनी बच्चे को दूध देने के लिए जिस समय

बेनू की गोद में से बच्चे को उठाने लगी तो बच्चे के गले में पड़े हुए तावीज़ पर उसकी नज़र पड़ी। त्रिबेनी के पूछने से पहले ही बेनू ने कहा, "यह तावीज़ इसके पिता का है, उस समय अफरा-तफरी में उसके गले से निकलकर गिर गया था। बाद में किसी को मिला, वही देने आई हूं।" और बेनू ने हांफती-सी अपनी सांस को ठहराने के लिए सिर झुकाकर फिर एक बार बच्चे को प्यार किया और कहा, "यह इनके ही कुल का तावीज़ है, बच्चे की रक्षा करेगा।..."

त्रिबेनी खुश भी थी, हैरान भी। बच्चे को गोद में लेते हुए उसने पूछा, "बीबी! आपने मुझे अपना नाम नहीं बताया, मैं उन्हें क्या बताऊंगी?"

बेनू की समझ में कुछ नहीं आ रहा था. कि गंगा पानी का गिलास लेकर आ गई, साथ ही त्रिबेनी से कहने लगी, "तू लड़के को दूध देकर खुद जाएगी, या मैं तेरे जेठजी को खाना दे आऊं?"

"मैं इनके पास बैठी हूं, तुम जाकर दे आओ...थाली ढककर ले जाना..." त्रिबेनी ने मां से कहा, और फिर बेनू से कहने लगी– "मेरे जेठजी निरे साधू हैं, सारे दिन भजन और पाठ करते रहते हैं...पिछवाड़े के बगीचे में उन्होंने अलग कोठरी बनवा ली है–इधर कभी-कभार ही आते हैं...बस कभी बबुआ को खिलाने के लिए ले जाते हैं।"

फिर बेनू कुछ देर बाद उठकर जाने लगी तो त्रिबेनी ने हाथ जोड़कर उसके पैरों की ओर नमस्कार करते हुए एक बार फिर पूछा, "बीबी! आपने नाम नहीं बताया, सासूजी को क्या बताऊंगी?"

बेनू ने एक बार हंसकर बात टाली, "तुम्हारी सासूजी सारी रिआया को कहां जानती हैं...मेरा नाम तो उन्होंने कभी सुना ही नहीं होगा..."

पर साथ ही बेनू के मन में एक चीस-सी उठी, जाते हुए निचले होंठ को दांतों तले दबाकर बोली, "मुझे लोग प्यार से शंखचील पुकारते थे..."

त्रिबेनी ने शायद 'थे' शब्द की ओर ध्यान नहीं दिया, वह बच्चे के गले में पड़े हुए सोने के तावीज़ की ओर देखने लगी...

सब जानते हैं। –पंद्रह अगस्त के दिन देश की आज़ादी की खुशी में कुछ कैदी रिहा कर दिए जाते हैं। चंदनसिंह को पंद्रह अगस्त के दिन जब जेल से रिहाई मिली, उसकी कैद की मियाद एक बरस दो महीने और बाईस दिन बाकी थी।

वह पांच दिन की मोहलत के बाद जब जेल गया था, ब्याह के शगुन वाले कपड़े पहने हुए था, जो जेल में जमा थे। रिहाई के समय वही कपड़े उसे मिल गए थे, और ठाकुर पृथ्वीसिंह और मलखानसिंह जिस समय उसे लेकर घर आए, तो लगता था मानो चंदनसिंह का अभी-अभी ब्याह हुआ है, और उसकी रेशमी कमीज़ पर गेंदे के फूलों के निशान शगुनों-टेहलों की गवाही दे रहे हैं...

आज मुद्दतों के बाद पहला दिन था जब चंदनसिंह के गिर्द या उसके घर के गिर्द सिपाहियों की वर्दी दिखाई नहीं दे रही थी, और घर आज पहली बार घर मालूम हो रहा था।

सास और मां ने आगे बढ़कर चंदनसिंह को गले से लगाया। त्रिबेनी एक बार प्रणाम करने के लिए आगे बढ़ी, फिर लाज से सकुचाकर पीछे के कमरे में चली गई। कमरे के भीतर नहीं गई, दरवाज़े की ओट में खड़े होकर चंदनसिंह को देखती रही।

चंदन ने उसे सेंध में से देखते हुए देखा तो धीरे-से हंस पड़ा।

त्रिबेनी यूं तो ठाकुर पृथ्वीसिंह की बहू थी, लेकिन उसे अभी तक सब कुछ रंग-बिरंगे सपने की तरह लगता था...बेटा भी सपने में जन्मा लगता था...

ठकुराइन ने गंगा को इशारा किया और वह बराबर के कमरे से चंदनसिंह के बेटे को उठा लाई जो उस समय सो रहा था, और ठकुराइन ने अपने हाथों से उठाकर बच्चे को चंदनसिंह की गोद में दे दिया।

चंदनसिंह की निगाह बेटे के मुंह पर पड़ी, पर साथ ही उसके गले में पड़े हुए तावीज़ पर भी पड़ी, और वह हैरान-सी आंखों से अपनी मां के मुंह की ओर देखने लगा...

ठकुराइन भी बताने-पूछने को बेचैन थी। कहने लगी, "देख न चंदन! यह तो वही तावीज़ है जो मैंने अपने हाथों से तुझे पहनाया था।"

चंदनसिंह ने तावीज़ को हाथ में उलटा-सीधा करके देखा, पर कुछ बताने की जगह मां से पूछा, "पहचानो तो सही, वही है?"

"लो, मैं भला पहचानती नहीं?"

चंदनसिंह ने भी धीरे से कहा, "वही मालूम होता है..."

मां उस समय से हैरान थी जब से यह तावीज़ मिला था। पूछने लगी, "तुझे याद है या नहीं–यह कब तेरे गले से गिरा था, कहां गिरा था?"

चंदनसिंह ने 'पता नहीं' में हाथ हिलाया, पर मुंह से कुछ नहीं कहा।

मां ही बताने लगी, "तुम जानते हो, कैसे मिला?–मैं तो हरिद्वार गई हुई थी, इसकी मनौती देने के लिए। पीछे घर में कोई औरत आई थी। न जाने कौन थी! वही आकर लड़के के गले में डाल गई थी...साथ ही यह भी कह गई थी बहू से कि यह तुम्हारे कुल का तावीज़ है, यह बच्चे की रक्षा करेगा..."

और मां ने खुशी और आश्चर्य से कहा, "न जाने कौन थी, उसे कहां मिला ...पर ईश्वर उसका भला करे..."

और कोई नहीं जानता–जब चंदनसिंह ने बच्चे को कसकर अपने कलेजे से लगाया, बच्चे के गले में पड़ा हुआ तावीज़ चंदनसिंह के दिल की तरह धड़कने लगा...

यह गहरी रात की बात है–जब सब सो गए, और त्रिबेनी चंदनसिंह के लिए दूध का गिलास लेकर उसकी चारपाई के पास आई तो चंदनसिंह ने त्रिबेनी की बांह पकड़कर उसका हालचाल पूछते हुए यह भी पूछा–"बेनी! यह तावीज़ देने जो औरत आई थी, वह कौन थी?"

"बड़ी ही अच्छी थी, बड़ी ही सुंदर..." त्रिबेनी सब कुछ बड़े चाव से बताने

लगी।

"पर," चंदनसिंह ने बात काटते हुए बेसब्री से पूछा, "उसका नाम क्या था?"

"नाम तो बड़ा अजीब उसने बताया था।"

"क्या?"

"पहले तो बता ही नहीं रही थी, कहे कि ठकुराइन अपनी सब रिआया के नाम नहीं जानती, जब बाद में जाने लगी तब बताया..."

"क्या?" चंदनसिंह की सांस तेज़ हो गई।

"कहा–शंखचील।"

चंदनसिंह को लगा, उसका सांस उसकी छाती में रुक गया है।

त्रिबेनी कहे जा रही थी, "भला यह भी किसी का नाम होता है?"

और चंदनसिंह के मुंह से रुके हुए सांस की तरह निकला–"होता था।"

त्रिबेनी ने शायद 'था' पर ध्यान नहीं दिया, बगल में पलंगड़ी पर सोए हुए बच्चे को उठाकर अपने चंदनसिंह की गोद में डाल दिया।

और चंदनसिंह ने जब कसकर बच्चे को छाती से लगाया तो उसके गले में पड़ा हुआ तावीज़ चंदनसिंह के दिल की तरह धड़कने लगा।

एक ख़ाली जगह

ख़ामोशी की लकीर पर पांव रखकर आज फिर मुक्ता के लिए दिलीप राय के घर से शादी का पैगाम आया...

तीन महीने पहले भी आया था...

यह पैगाम जैसे एक स्थूल चीज़ हो और रात के अंधेरे में न जाने घर के खुले हुए दरवाज़े से भीतर आई हो, या सबकी आंख बचाकर खिड़की के रास्ते। पर उस रात मुक्ता को लगा, जैसे उसकी चारपाई की पट्टी को पकड़कर वह धीरे से चारपाई के ऊपर आ गई हो, और मुक्ता की बांह से लगकर वह सारी रात चारपाई पर सोती रही हो...

नींद में करवट बदलते समय भी मुक्ता को आभास होता रहा, जैसे वह अभी उसकी दाईं तरफ थी, और अभी बाईं तरफ हो गई–जिधर उसने करवट बदली...

बहुत नरम, हिलती हुई, और जीवित चीज़...

उस दिन सवेरे मुक्ता रोज़ की तरह सहज तौर से नहीं जागी–आंख खुली तो उसका अपना हाथ पास की खाली जगह को टटोल-सा रहा था...

और फिर वह चौंककर चारपाई से उठी थी, और उठकर भी खाली चारपाई को देखे जा रही थी, जैसे वह चीज़ अगर इस समय चारपाई पर नहीं थी तो कहां थी...

बिखरे हुए मन को वह शीशे के सामने खड़े होकर देखने लगी, पर खड़े-खड़े शीशे में जैसे वह खुद मढ़ी गई...

और शीशे में मढ़े हुए उसके होंठ तीन महीने से खामोश थे...

यह खामोशी की एक लकीर थी–जो मोतियाखान की घनी और तंग आबादी की एक गुमनाम-सी गली में रहने वाली मुक्ता के घर से लेकर दिल्ली के एक खूबसूरत टुकड़े पंचशील पार्क के दिलीप राय के घर तक खिंची हुई थी...

और उसी खामोशी की लकीर पर पांव रखकर आज फिर मुक्ता के लिए दिलीप राय के घर से शादी का पैगाम आया था...

निम्न मध्य श्रेणी के घरों की एक खास गंध होती है–चारपाइयों के नीचे घुसाकर रखे हुए ट्रंकों और टीन के डिब्बों की तरह हर समय घर में छिपकर बैठी हुई भी और खूटियों पर लटकते हुए मैले-घिसे कपड़ों और राम, कृष्ण या हनुमान के कैलेंडरों की तरह घर की दीवारों पर जमकर निःशंक खड़ी हुई भी...

मुक्ता जानती थी कि उसने जब भी इस घर की गंध से उभरना चाहा था, यह गंध बहुत तीक्ष्ण हो गई थी–गाढ़ी, इतनी कि मुक्ता को इसमें से बाहर निकलने का कोई रास्ता दिखाई नहीं देता था। उसने कॉलेज की पढ़ाई की थी, पर वह उसे इस गंध से बाहर नहीं निकाल सकी थी। यह केवल समय के साथ ज़रा-सा अपनी जगह से सरकता हुआ उसके मां-बाप का दृष्टिकोण था, एक मजबूरी थी, कि पढ़ाई का एकाध टुकड़ा अब उनकी श्रेणी वाले लोगों में भी लड़कियों के दहेज का हिस्सा हो गया था।

और गत वर्ष मुक्ता ने एक चेतन प्रयत्न किया था जब शहर की सबसे सुंदर लड़की का चुनाव होना था तो उसने अपना नाम आवेदन-पत्र पर लिखा था, और फिर अपने कद को और कमर को नापकर जब बाकी विवरण को उस पर भर रही थी–कद पांच फुट छः इंच, कमर बाईस इंच, छाती बत्तीस इंच, तो घर की गंध एक आंधी की तरह सारे घर में तेज़ चलने लगी थी, और आवेदन-पत्र पर लिखा हुआ मुक्ता का नाम अपनी लकीरों में ही कांपकर रह गया था....

घर की सब चीज़ें, जब से वह देख रही थी, स्थिर थीं–घर की ईंटें भी, जो

उसके पिता के पिता ने चिनवाई थी; मां के कमरे में छोटे शीशों वाला पलंग भी. जो मां की सास के दहेज में आया था; और चौके की गढ़े पड़ी गागर और वह चू रही बटलोई भी, जिस पर घर के एक पुरखा का नाम खुदा हुआ था–चंदासिंह।

और मुक्ता जानती थी कि उसकी मां का जल्दी से लड़की के हाथ पीले करने का वह सपना भी स्थिर था, जो कभी उसने अपनी मां से विरसे में पाया था...

केवल चीज़ें ही नहीं–घर की वह गिनती भी स्थिर थी, जो घर की हर बेटी के घर से जाने के समय, और हर बहू के घर आने के अवसर पर पूरी होती है–दहेज के पांच गहने और ग्यारह सूट, लड़के की अंगूठी और घड़ी, समधिन का रेशमी सूट और सोने की माला, समधी का गर्म दुशाला और इक्यावन रुपये, इक्कीस रुपये बड़े भाई के, ग्यारह छोटे के...

बैठी उंगलियों पर हिसाब लगाती मां के मुंह से यह गिनती मुक्ता ने इतनी बार सुनी थी कि यह गिनती भी एक स्थिर वस्तु की तरह उसे घर में पड़ी हुई जंतरी के समान दिखाई देने लगी थी...

निरी जंतरी ही नहीं, मुक्ता को लगता, यह घर की हर लड़की की जन्मपत्री है...

और वह सोचती–यह एक वर्तमान है, जो एक पीढ़ी से रेंगता-रेंगता दूसरी पीढ़ी तक पहुंच जाता है और हमेशा स्थिर दिखाई देता है...

यह स्थिरता, मुक्ता को विश्वास है, इसी तरह रहनी थी, पर अचानक, जो इस घर के सपनों से परे था, वह घट गया, और यह स्थिरता कहीं भीतर से हिल गई...जो अभी भी हिल रही है, जैसे भूकंप के बड़े झटके के बाद फिर कई बार छोटे-छोटे झटके आते रहते हैं...

उसका पहला झटका था कि मुक्ता के पिता कितने ही समय तक अपने कानों को टटोलकर देखते रहे थे, विश्वास नहीं बंधता था कि यह पैगाम उन्होंने अपने कानों से सुना है...

मुक्ता के पिता शहर के एक उस पुराने वकील के मुंशी थे, जिसका सबसे बड़ा और सबसे अमीर मुवक्किल दिलीप राय का पिता था, जिसकी बहुत बड़ी

ज़मींदारी थी, और जिसके झगड़ों को निबटाने के लिए वकील की बंधी हुई तनख्वाह होती थी, और इसके अलावा, जब दिलीप राय के पिता ने एक्सपोर्ट का काम शुरू किया तो फॉरेन एक्सपोर्ट के मामले में उनका वकील रिज़र्व बैंक से काम निकालने के लिए बम्बई जाया करता था...और उसके लिए हर बार हवाई जहाज़ का टिकट लाते समय उसके मुंशी की आंखों के आगे मुवक्किल की अमीरी एक अचम्भे की तरह फैल जाया करती थी...और अब जब उसी घर से उसकी अपनी बेटी के लिए शादी का पैगाम आया, तो वह सचमुच चकरा गया...

मोतियाखान जैसे इलाके की एक गुमनाम-सी गली के इस घर में वास्तव में एक भूकंप आ गया...पैगाम आया, तो मुक्ता की मां ईंटों के दरज़ वाले फर्श पर एक बार इस तरह फिसल पड़ने को हुई, जैसे वह सफेद सीमेंट का अभी-अभी टाटरी से धोया और वैक्स से पॉलिश किया हुआ फर्श हो...

यह भूकंप मुक्ता के मन में भी आया, पर उस तरह नहीं, जैसे मां के या पिता के मन में आया था...

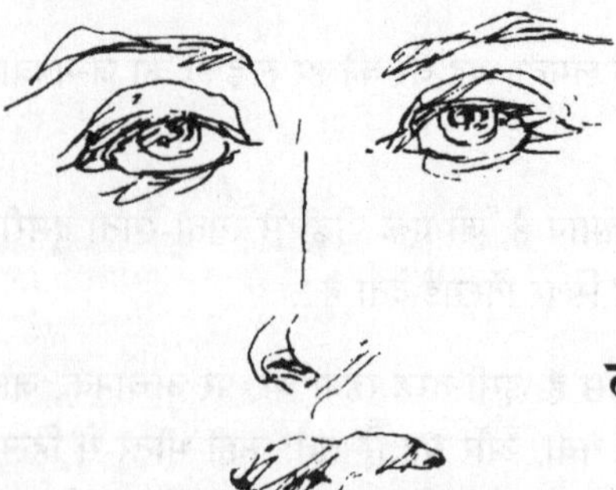

दो

अभी पूरा एक वर्ष भी नहीं हुआ था...जब मुक्ता ने दिलीप राय का घर देखा था। एक संयोग था–जब दिलीप राय की रिश्ते में बहन लगने वाली एक लड़की कुसुम मुक्ता के कॉलेज अपनी किसी पुरानी सहेली से मिलने के लिए आई थी, और दोनों की परिचित उस लड़की ने उसकी मुक्ता से भेंट कराई थी, उसी दिन कोई एक घंटे के लिए वे तीनों दिलीप राय के घर गई थीं...

अमलतास के पीले गुच्छों में और गुलमोहर के लाल फूलों से घिरे हुए मकान

की एक झलक-सी आज भी मुक्ता को याद हो आई तो मन में से एक सुगंध-सी आने लगी...पर इस तरह, जैसे यह सुगंध उसके लिए वर्जित हो...

उस दिन उसने कुछ मिनट के लिए दिलीप राय को भी देखा था, उसकी पत्नी को भी, और उसके लगभग एक वर्ष के बच्चे को भी...

वह सब कुछ खूबसूरत था–पर जब दूर था तो बेगाना था, सहज था। अब–जब वह सब कुछ सरककर उसके पास आ रहा था, उसके हाथों तक, और उसके शरीर से गुज़रकर उसके मन तक, कुछ भी सहज नहीं हो रहा था...

वह जो पूर्ण था–साबत, सालिम, उसमें से मृत्यु ने एक टुकड़ा तोड़ लिया था, दिलीप राय की पत्नी को, और अब उसी खाली जगह को भरना था–मुक्ता से।

शादी का यह पैगाम, मुक्ता को लग रहा था, जैसे एक खाली जगह का पैगाम हो...

एक मर्द के मन का नहीं, केवल घर में ख़ाली हुई एक जगह का...

उस घर से एक औरत आई थी–दिलीप राय की मां नहीं, कोई और औरत, कह रही थी–'वह तो ब्याह की बात ही नहीं सुनता था, जैसे वैराग धारण कर लिया हो...बड़ी मुश्किल से मां ने मनाया है...'

और यह, मुक्ता को लगा, मर्द के मन का नहीं, घर में खाली हो गई एक जगह का तकाज़ा है...

एक गढ़े को भरने की तरह...

एक मोघले को बंद करने की तरह...

एक दरार को लीपने की तरह...

'पर मैं क्यों...मेरी जगह कोई भी हो सकती थी...कोई भी...' और मुक्ता के मन में आया–'वह जिधर नज़र करता, कुछ भी उसके लिए हाज़िर हो जाता ...कुछ भी उसकी पहुंच के बाहर नहीं है...फिर सिर्फ मैं क्यों?'

और मुक्ता के मन में एक गर्म लकीर-सी खिंच गई–'उसने मुझे एक बार देखा है...शायद कुछ वही उसके मन में अटक गया हो...शायद...'

और शायद की कच्ची-सी आस को पकड़ते हुए मुक्ता उस जगह की ओर देखने लगती, जहां अभी अंधेरा था, और जहां से अभी कोई पहचान नहीं उठ रही थी...

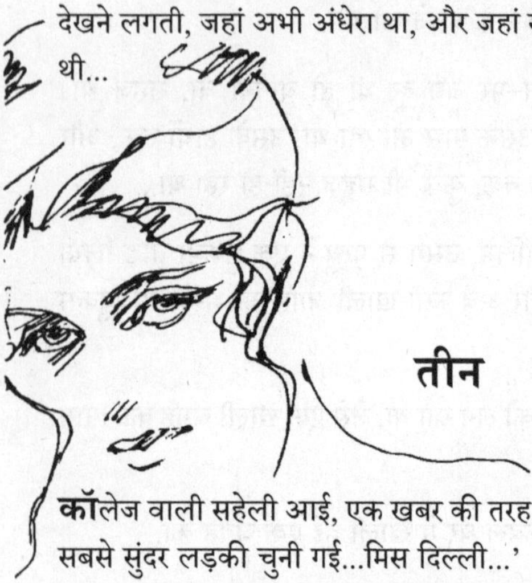

तीन

कॉलेज वाली सहेली आई, एक खबर की तरह, और हंसती रही–'सो तू शहर की सबसे सुंदर लड़की चुनी गई...मिस दिल्ली...'

मुक्ता का हाथ अंधेरे में किसी चीज़ से टकराया, शायद एक सहारे से, एक हौसले से पूछना चाहा–'मेरा खयाल किसे आया, मां को या खुद उसे...या सिर्फ उसे, जो रिश्ते में उसकी बहन लगती है?' पर मुक्ता पूछ न सकी, हाथ अंधेरे में मूर्छित-सा हो गया...

और फिर अंधेरा और गाढ़ा हो गया...

वही औरत एक बार फिर आई, और मुक्ता की मां के पास बैठकर मुक्ता के भाग्य को सराहते हुए कहने लगी, "एक तो इसके नसीब जाग जाएंगे, और दूसरे उस बिलखते हुए बच्चे के, जिसकी मां भगवान ने छीन ली..."

और जब मां शब्द मुक्ता के कुंआरे अंगों से टकराया, उसके सब अंग घबराकर उसकी ओर देखने लगे...

लगा–उसके पैरों के नीचे उसकी अपनी कोई धरती नहीं है...कभी नहीं होगी

...उसे सदा उस धरती पर खड़े होना पड़ेगा, जो किसी और के पैरों के लिए थी...

पत्नी कोई और थी, उसे सिर्फ उसकी जगह पर बैठना है...

मां कोई और थी, उसे सिर्फ उसकी जगह खड़ा होना है...

अंधेरा शायद बहुत गाढ़ा होकर ठोस दीवार के समान हो गया। उसने दीवार से सिर को टिकाया तो विचार भी अंगों की तरह निढाल-से हो गए, 'किसी की जगह पर खड़ी हुई मैं जब नज़र आऊंगी–एक अजनबी, तब वह बच्चा ज़ोर से रो पड़ेगा, उसका बाप भी...शायद ज़ोर से नहीं, धीरे से, मन में...'

और मुक्ता को लगने लगा–वह एक कब्र पर बैठे हुए कब्र के प्रेत जैसी हो जाएगी...

शादी के आए हुए पैगाम को 'हां' करनी थी, पर मुक्ता से हां न हुई, होंठ भिंच गए, पिता के आदेश के आगे भी, मां की मिन्नत के आगे भी...

और मुक्ता के होंठों पर जमी हुई खामोशी एक लकीर बनकर वहां तक फैल गई, जहां से शादी का पैगाम आया था...

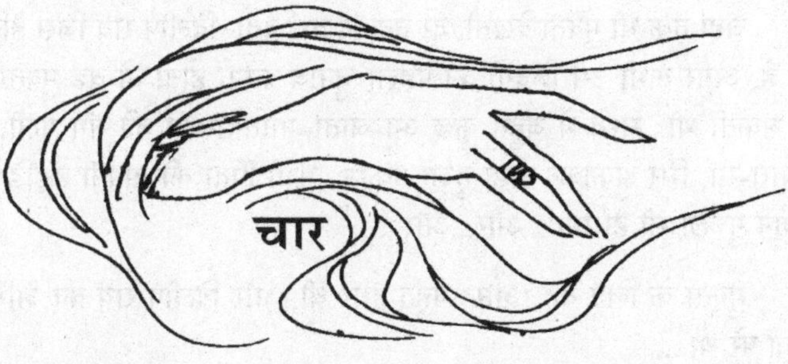

चार

तीन महीने बीत गए...

पर खामोशी की लकीर पर पांव रखकर आज फिर वह पैगाम आया, शायद मुक्ता के विचारों को टटोलता हुआ, और यह कहता हुआ कि बच्चा दादी के पास रहेगा, पंजाब में, यहां दिल्ली में नहीं।

मां ने मुक्ता पर गुस्सा करके उसकी खामोशी को तोड़ देना चाहा, खामोशी छिल-सी गई, मां के शब्दों से खुरच-सी गई, लेकिन टूटी नहीं...

मुक्ता के अपने मन में उसकी जीभ जैसे कट गई हो, वह बोल नहीं पा रही थी...

लगा–कभी नहीं बोला जाएगा, 'हां' कहने के लिए भी नहीं, 'नहीं' कहने के लिए भी नहीं...

जानती थी–दुनिया की कोई औरत नहीं होती, जो एक बार अपने अस्तित्व के पूरे ज़ोर से एक मर्द को आवाज़ देना न चाहती हो...'मैं भी चाहती हूं वह सोचती, पर देखती–आवाज भीतर कहीं, गले से भी नीचे, अटककर खड़ी हो गई है।'

शायद कभी होंठों पर नहीं आएगी'–वह मन में दिलीप राय को कल्पना कर देखने लगी, अपना बनाकर, मन के ज़ोर से भी, कानून के ज़ोर से भी, पर जहां जो कुछ पराया था, वह उसी तरह रहा...पराया भी और वर्जित भी...

और मुक्ता को लगा-कभी कुछ भी अपना नहीं होगा...न किसी रस्म के ज़ोर से, न कभी बरसों के ज़ोर से...

जहां तक भी मुक्ता देखती, दूर तक दिखाई देता–दिलीप राय जिस हैसियत का है, अगर कभी उसे ज़िंदगी का पहला चुनाव करना होता तो वह मुक्ता नहीं हो सकती थी...रास्ते में बहुत कुछ आ जाता–मोतियाखान की तंग गली, एक बेचारा-सा, सिर झुकाकर खड़ा हुआ मकान...मुंशी पिता की अपनी हड्डियों के समान गुच्छा-सी हैसियत...और...और...

मुक्ता के लिए यह 'और' बहुत इधर थी, और दिलीप राय का अस्तित्व बहुत परे था...

अनेक 'और' उसके पास आकर खड़े हो गए, तो मुक्ता को लगा–जैसे वह और कुछ नहीं, सिर्फ किसी मरने वाली की कब्र पर डाली जाने वाली मिट्टी की आखिरी मुट्ठी है...

आखिरी मिट्टी एक कब्र की लाश को ढकने का आखिरी जतन होता है,

मुक्ता ने एक दार्शनिक की भांति सोचा, पर साथ ही उसे लगा–जैसे मिट्टी में रेंगता हुआ एक कीड़ा उसके शरीर पर चढ़ रहा हो...उसके नंगे मांस को टटोलता, सूंघता और उसके लहू में से एक बूंट पीकर उसके मांस के साथ खेलता हुआ...

पांच

मुक्ता ने चौंककर अपनी ओर देखा–हे ईश्वर! क्या मेरे मन ने मुझसे भी चोरी, उससे इतना प्यार कर लिया है कि मैं उन बरसों को सह नहीं पा रही हूं जब वह मेरा नहीं था, किसी और का था...किसी और का मर्द...किसी और के बच्चे का बाप...

और मुक्ता ने अपना होंठ दांतों से काट लिया–हे ईश्वर! क्या मरी हुई औरत का अस्तित्व भी मुझसे सहा नहीं जा रहा है?...

और उसे लगा-जैसे इन सब महीनों की खामोशी और कुछ नहीं थी, सिर्फ एक गिला थी, उससे जो उसका था, सिर्फ उसका, और जिसने उससे मिलने से पहले उसके साथ बेवफाई की थी...

मन एक लंबी गुफा बन गया और उसमें से गुज़रती हुई मुक्ता को शादी का पैगाम देने वाला दिलीप कभी इतना अपना लगता रहा, जैसे होंठों की सांस से भी ज़्यादा नज़दीक हो, और कभी इतना पराया कि आंखों की पहचान से भी परे हो...

आज फिर एक रात आई, जब यह पैगाम फिर एक बार जीती-जागती चीज़ की तरह उसे कमरे में आता हुआ लगा, और फिर उसकी चारपाई पर आकर उसकी बांह से लगकर उसके पास सोता रहा...बहुत कोमल, सजीव और छोटी-छोटी सांस

लेता हुआ...

सवेरे तड़के जैसे ही आंख खुली, मुक्ता को लगा–बहुत दिनों बाद आज का दिन शांत है–शायद उसने दिलीप के बीते हुए वर्षों को भी स्वीकार कर लिया है, और उसके बच्चे को भी...

'बच्चा दीदी के पास रहेगा...पंजाब में...यहां दिल्ली में नहीं...' भुक्ता चारपाई पर से उठकर अंदर अपने कमरे की ओर जाने लगी तो यह शब्द उसके पैरों में चुभ गए...ये शायद कल से वहीं बाहर आंगन के फर्श पर पड़े हुए थे...

लगा–जैसे पांवों से लहू बहने लगा हो...

आश्चर्य भी हुआ कि एक ही शब्द एक ही समय में सर्वथा विपरीत अर्थ कैसे रखते हैं?–यही शब्द थे, कल इन्हें सना था तो मन को कुछ सुख देते हुए से लगे थे, झूठमूठ के 'मां' शब्द से उसे मुक्त करते हुए से, और दिलीप के बीते हुए वर्षों की गवाही को हर समय देखने की विवशता से स्वतंत्र करते हुए से... पर कल और आज के बीच कुछ घटित नहीं हुआ था, फिर भी ये शब्द आज शीशे की किरचों की तरह, किसी और को नहीं, उसके अपने ही मांस को छीलने लगे थे...

'मां हिपोक्रिट (बगुला भक्त) है...शायद सारी मध्य श्रेणी हिपोक्रिट होती है...' मुक्ता के होंठों पर हंसी-सी आ गई। याद आ रहा था–कल मां ने ये शब्द सुने थे तो त्राहि-त्राहि कर उठी थी, जैसे बच्चे को घर से दूर भेजकर बच्चे पर जुल्म किया जा रहा हो...पर वह औरत चली गई तो उन्हीं होंठों से मां ने एक सुख की सांस ली, कहने लगी, "चलो, यह भी अच्छा हुआ...सौतेले बच्चे पालने कोई आसान होते हैं? जान के जंजाल होते हैं..."

और मुक्ता को अपने प्रति एक तरह के संतोष का अनुभव हुआ–'मैं कुछ भी हूं, लेकिन मां जैसी नहीं हूं। जो कुछ मन में है, वही होंठों पर रखकर देख रही हूं...मेरा कल का चैन भी सच था–और आज की बेचैनी भी सच है...'

'हां' और 'नहीं', जैसे सचमुच दो इलाके हों–शायद एक-दूसरे के दुश्मन इलाके, और मुक्ता दोनों सीमाओं के बीच की खाली जगह पर खड़ी रही हो...

पता था–बहुत देर तक इस जगह पर खड़े नहीं रहा जा सकता, पर पैर किसी भी तरफ नहीं उठ रहे थे...

यह 'हां' या 'नहीं' कह सकने वाली स्वतंत्रता की विवशता थी...

और इस जगह खड़े हुए मुक्ता को एक बार मां पर रश्क हो आया–जिसकी आंखों में अमीरी की ऐसी चकाचौंध है कि वही सच है और उसके सिवा जो कुछ भी अंधेरे में है, वह सच नहीं है...

'यह सुख सिर्फ एकपक्षीय विचार की गुलामी का सुख होता है...जहां सब कुछ इकहरा होता है–रिश्ते का अर्थ भी इकहरा और इंसान के अस्तित्व का अर्थ भी इकहरा...' और ऐसा सोचते हुए मुक्ता को लगा कि कुछ भी हो, मां से रश्क करने का सुख मुझे नहीं चाहिए...मेरी पहचान मेरी पीड़ा में है...

यह भी लगा कि किसी से कोई रिश्ता जब बाहरी चीज़ों के सहारे खड़ा होता है–जैसे मज़हब के सहारे से या दौलत के सहारे से, या बने-बनाए और कतरे-ब्योंते कानून के सहारे से-उसे कभी मन की पीड़ा का वरदान नहीं मिलता। गुलामी का सुख मिलता है, पर स्वतंत्रता की पीड़ा नहीं मिलती। वह सिर्फ तभी मिलती है, जब वह रिश्ता मन का होता है...और किसी भी सहारे के बिना खड़े होना चाहता है... सिर्फ अपने अस्तित्व के बल पर...

और अपने अस्तित्व की पीड़ा को पहचानते हुए मुक्ता अभी भी रास्ते की पहचान नहीं कर पा रही थी कि एक भयानक दुर्घटना घट गई–दिलीप राय के बच्चे की डिप्थीरिया से एक ही दिन में मृत्यु हो गई...

मृत्यु के भयानक वार ने मुक्ता की खामोशी को तोड़ दिया, और उसने तड़प-कर 'हां' कर दी, जैसे एक हारे हुए इलाके को अब उसकी बहुत आवश्यकता हो...

छह

शादी का पैगाम, कुछ सिर झुकाकर, सोग के दिनों से गुज़रता रहा...मातम के कुछ दिन बीत गए तो उस पैगाम की मांग हुई–रस्म हो, लेकिन बहुत साधारण-सी कोई चहल-पहल न हो।

वैसा ही हुआ–सिर्फ मुक्ता की मां ने कुछ रस्में जो अंदर बैठकर की जा सकती थीं, वे चुपके से कर ली, और मुक्ता जब हवन की अग्नि के पास से उठकर सवेरे के पहले पहर में दिलीप राय के साथ उसके घर आई, कुछ थोड़ी-सी रस्में, जो अंदर बैठकर की जा सकती थीं, दिलीप की मां ने कर ली।

एक छोटी-सी रस्म थी–जो मुक्ता की रिश्ते में ननद लगने वाली लड़की ने अपने कोई एक बरस के बच्चे को मुक्ता की गोद में बिठाकर की, जिसके साथ दी-तीन औरतें वह परंपरागत गीत गाने लगीं, जो ऐसे अवसर पर नववधू से वंश को बढ़ाने की आशा से गाया जाता है...

मुक्ता के सिर का पल्ला ज़रा नीचा-सा था, पर परंपरागत घूंघट जैसा नहीं था, उसने सिर झुकाकर गोद में पड़े हुए बच्चे को देखा तो उसकी आंखें एक खौफ से फैल गईं...

लगा–किसी ने अचानक एक मरा हुआ बच्चा उसकी गोद में डाल दिया है...

गोद का बच्चा टुकर-टुकर देख रहा था–परंतु निश्चल था। नये हाथ के स्पर्श से भी विचल नहीं हो रहा था...शायद मुक्ता की बांहों में पड़ी हुई लाल रंग की हाथी दांत की चूड़ियों को नये खिलौने की तरह देख रहा था...

दो-तीन औरतें वह गीत गा रही थीं, पर भरी हुई आवाज़ से...गीत के सारे अक्षर टूटे हुए पंखों की तरह हवा में हिलते रहे...

दिलीप राय की मां इस शुभ अवसर का कोई अपशकुन नहीं करना चाहती थी, इसलिए आंखों का पानी आंखों में ही लौटा लिया–पर इस समय, पिछले दिनों हुई बच्चे की मौत, फिर जैसे ताज़ा होकर सबकी आंखों के आगे आ गई...

एक हसरत भी कि आज के दिन उसी बच्चे को मुक्ता की गोद में डालना था...

मुक्ता ने, औरों की तरह, उस बच्चे की मौत नहीं देखी थी, पर इस समय सबसे ज़्यादा उसे ही लगा–जैसे वही मरा हुआ बच्चा इस समय उसकी गोद में हो...

और उसे लगा–एक लाश है, जो शायद हमेशा उसकी गोद में पड़ी रहेगी...

पूरी रात की थकान थी, उनीदापन भी। दिलीप राय चाय का एक प्याला पीकर अपने कमरे में चले गए थे और बड़े कमरे में सिर्फ मुक्ता थी, यह ब्याह के इस दिन के लिए आई हुईं कुछ मेहमान-रिश्तेदार औरतें। कोई रस्म करते समय जब मुक्ता की गोद में डाले हुए बच्चे को उठा लिया गया तो मुक्ता ने थकी-थकी आंखों से एक बार कुसुम की ओर देखा। सिर्फ कुसुम थी, जिसे मुक्ता इस घर में कुछ पहचानती थी। उसी ने आज नये रिश्ते के सबसे पहले संबोधन से मुक्ता को बुलाया था–'भाभी' कहकर।

कुसुम ने दिलीप राय की मां की ओर देखा, कहा, "चाची! भाभी के लिए सारी रात का जागरण रहा होगा..." मां ने मुक्ता को बड़े कमरे के सोफे से उठाते हुए कुसुम से कहा, "दिलीप के बराबर वाला कमरा खाली है। जा, भाभी को वहां ले जा, घड़ी-दो घड़ी आराम कर लेगी..."

कुसुम एक पल के लिए शायद किसी सोच में उतर गई, फिर कहने लगी,

"भाभी! एक मिनट...मैं कमरा ठीक कर आऊं।"

बाकी कमरों में मेहमान थे। कुसुम ने जाकर देखा, सिर्फ वही कमरा था, जिसमें किसी मेहमान को नहीं ठहराया गया था। कुसुम कमरे में गई और उलटे पैरों वापस आकर मुक्ता को उस कमरे में ले गई।

कुसुम ने कमरे में कुछ फल रखवाए, चाय रखवाई और फिर कमरे का दरवाज़ा भेड़कर जब चली गई तो मुक्ता, जो कमरे में अकेली रह गई थी, खिड़की से पीछे के बगीचे की ओर देखने लगी।

बिलकुल बराबर वाले कमरे में दिलीप राय थे...बहुत पास...पर पूरी एक दीवार की दूरी।

कुसुम ने ही उस कमरे के आगे से गुज़रते हुए बताया था, "भाभी! आपका असल कमरा यह है..." और हंसते हुए मुक्ता के कान के पास मुंह करके कहा था, "पर रात को असल कमरा बनेगा..."

कमरा बगीचे से बिलकुल सटा हुआ होने के कारण बड़ी ताज़ा हवा से भरा हुआ था। हवा में हलकी-सी महक थी। मुक्ता ने बराबर के कमरे में सोए हुए दिलीप राय के अहसास को सांसों में महसूस करना चाहा, पर लगा–वह अहसास अभी अजनबी है, सांसों में महसूस नहीं हो रहा है–शायद बगीचे की हवा से भी ज़्यादा अजनबी।

और मुक्ता, थकी हुई, कमरे के पलंग पर बैठने ही लगी थी कि अचानक खयाल आया–कुसुम अकेली एक मिनट के लिए इस कमरे में आई थी, मां ने कहा था, 'कमरा तैयार है,' वह फिर भी अकेली आई थी!

और मुक्ता ने कमरे की चारों दीवारों की ओर देखा और फिर उठकर कमरे की अलमारी खोली।

अलमारी खाली थी–सिर्फ एक तस्वीर थी, शीशे में जड़ी हुई, जो एक खाने में उलटी पड़ी हुई थी।

लगा–जो खयाल आया था, ठीक था। कुसुम को ज़रूर पता रहा होगा कि यह कमरा उस बच्चे का होता था।

कुसुम के मन की यह कोमल-सी जगह जैसे मुक्ता के हाथों को स्पर्श कर गई...उसने कांपते हुए हाथों से वह तस्वीर उठाई–देखा, बच्चे की तस्वीर थी, और जाना कि यह ज़रूर दीवार पर लगी रही होगी, जिसे अभी कुछ मिनट पहले ही कुसुम ने उतारकर अलमारी में रखा है।

मुक्ता ने फिर कमरे की दीवारों की ओर देखा। एक ओर एक उभरी हुई लकड़ी की पट्टी थी, जिसपर लगी हुई कील बड़ी अकेली-सी, खाली-सी खड़ी हुई थी।

मुक्ता ने आह जैसी एक सांस ली और बांह ऊंची करके उस तस्वीर को फिर उस कील पर टांग दिया।

खिड़की से आने वाली हवा में नये पत्तों की महक थी, पर अचानक मुक्ता को लगा, जैसे बहुत दिनों के झड़े हुए और गलते हुए पत्तों की गंध भी हवा में हो।

पलंग पर लेटकर मुक्ता ने थककर आंखें मूंद लीं।

नींद की ऊंघ में मुक्ता को लगा कि कुछ आवाज़ें हैं, जो न जाने कहां से उसके कानों में आ रही हैं।

'यह लड़की तो पहली को भी मात करती है...शी इज़ रीअल ब्यूटी...मैं तभी तो सोच रही थी, न घर न घराना, यह बात कैसे बनी...लड़की तो अच्छी है, पर पैर अच्छे होने चाहिए...उधर बात चली, इधर लड़का जाता रहा...'

मुक्ता चौंककर उठ गई...घबराकर दीवारों की ओर देखा, फिर खिड़की की ओर...बाहर पेड़ों की ओर...जहां इस समय बगीचे में घर आए मेहमान थे।

लगा–यह सब कुछ जो हवा में है, हवा में ही ठहरा रहेगा–शायद यहां, इस मिट्टी में उगकर पेड़ों की भांति फैल जाएगा।

जो भी बातें हवा में थीं, मुक्ता ने पत्तों की सांय-सांय की तरह सुनीं, पर कोई भी उदासी कानों को ऊपरी नहीं लग रही थी, जैसे ये आवाज़ें उसने पहले भी सुन रखी हों...अपने भीतर से...

घर में मौत की एक गंध थी, पर वह स्वाभाविक थी। मुक्ता को लगा–जो उससे भी बढ़कर है, वह कुछ और है, शायद घर में नहीं, उसके अपने अंतर् में है...

एक भय-सा आया–'सिर्फ मैं नहीं, शायद दिलीप राय भी उस गंध को जानते हैं...और शायद...शायद किसी दिन वह मुझसे बहुत नफरत करने लगें...'

आठ

रात आई...

यह अक्तूबर का महीना था, खुले मौसम का, पर रात ठंड का एक कंपन-सा लेकर आई।

कंपन शायद मौसम का नहीं था, मुक्ता के मन के भय का था, पर वह गर्दन की नसों तक फैल रहा था।

बाहर, एक गर्माहट की और सुख की अनुभूति थी–कमरे के दरवाज़ों और खिड़कियों पर वैलवैट के परदे थे, जिनका रंग दीवारों के रंग के समान गंभीर था, इतना कि उनका अस्तित्व भी दीवारों का भाग प्रतीत होता था। और फर्श पर बस कोई दो बालिश्त ऊंचा एक चौकोर पलंग था, जो फर्श का ही एक उभरा हुआ अंग लगता था। रोशनी सिर्फ एक गोल लैम्प की थी...जो मोटे और सुलगते हुए कोयलों की शक्ल में थी–सुर्ख लाल। और बस कमरे में और कोई चीज़ नहीं थी।

दिलीप राय की मां जब मुक्ता को अकेले इस कमरे में छोड़कर चली गई, मुक्ता ने दाहकते हुए कमरे की गर्माइश को अपने अंगों में अनुभव किया; पर ठंड का जो कंपन-सा उसकी गर्दन की नसों पर चढ़ रहा था, वह भी उसी तरह उसके

अंगों में फैलता रहा।

देखा–कमरे में एक पलंग के सिवाय बैठने के लिए और कोई चीज़ नहीं है।

मुक्ता खड़ी रही।

खयाल आया–हर लड़की ब्याह की पहली रात जिस कमरे में दाखिल होती है, कभी उस कमरे का मालिक उसके स्वागत के लिए वहां नहीं होता।

और हर लड़की एक अजनबी कमरे में एक दखलअंदाज़ी की तरह पांव रखती है।

और मुक्ता हैरान हुई–यह रिवाज है, पर शायद इस पर कभी किसी ने नहीं सोचा, इसलिए इसे कभी नहीं बदला।

कमरे की जलते हुए कोयलों जैसी लाल रोशनी कमरे में फैली हुई नहीं थी, वह पलंग के एक ओर कोयलों के ढेर की तरह फर्श पर पड़ी हुई थी, इसलिए मुक्ता कुछ देर तक कमरे के एक कोने में बनी पत्थर की उस छोटी-सी रौंस को नहीं देख सकी, जिस पर एक तस्वीर पड़ी हुई थी। पर उसकी आंखें जब कमरे के अंधेरे से और एक जगह पर गुच्छा होकर पड़ी हुई रोशनी से परिचित हुईं तो उसने किसी किताब की तलाश में इधर-उधर देखा।

अपने-आप उस बिस्तर पर बैठना बहुत अजीब लगा, जो अभी तक उसका नहीं था और आज तक किसी और का था।

सोचा–कमरे में पड़ी हुई कोई किताब मिल जाए तो वह फर्श पर रोशनी के पास बैठकर किताब पढ़कर इंतज़ार का समय बिता लेगी।

वही कुछ स्वाभाविक हो सकता था...इस तरह कमरे में खड़े रहना उसके लिए स्वाभाविक नहीं हो रहा था। इसलिए किसी किताब को ढूंढते-ढूंढ़ते जब वह कमरे को गौर से देखने लगी–एक कोने में बनी हुई पत्थर की उस छोटी-सी रौंस को देखा, जिस पर एक तस्वीर पड़ी हुई थी...

पास गई, देखा–तस्वीर बच्चे की थी, और उसकी मां की...

कमरा नहीं, कमरे में अपना-आप बिलकुल अजनबी लगने लगा।

बाहर हवा शायद तेज़ हो गई थी–कमरे की खिड़कियां बंद थीं, पर दीवारों के साथ लगकर कुछ तेज़-तेज़ सांस लेती लग रही थी।

दरवाज़े के परदे ने भी एक गहरी सांस ली और परों तक हिल गया–मुक्ता ने देखा, दिलीप राय कमरे में आए हैं।

मुक्ता, शायद, दिन में देखी हुई मुक्ता से भी इस समय अधिक सुंदर लग रही थी। दिलीप राय उसकी ओर देखते रह गए, फिर संभले, धीमे से मुस्कराए, और पास को होकर कहने लगे, "इसी तरह खड़ी रही? थक नहीं गई?"

बिजली के कोयलों में से जैसे एक छोटी-सी चिनगारी उठी, मुक्ता ने कहना चाहा–'कमरे ने बैठने के लिए कहा ही नहीं...' पर वह कह न सकी।

बिजली के कोयले एकसार जलते रहे। मुक्ता भी...

दिलीप राय ने बैठने के लिए, पलंग के पास आकर, मुक्ता के कंधों पर अपनी बांह रखी और पलंग की पट्टी के पास आकर रुक गई मुक्ता से कहा, "मेरी पसंद पर रश्क आया है या नहीं?"

मुक्ता के होंठ ज़रा-से मुस्कराए। दिलीप राय का प्रश्न सीधा था, उनके मन से जुड़ा हुआ, पर मुक्ता को लगा, जैसे वह क्या खोया और क्या पाया का कुछ हिसाब-सा लगा रहे हों।

मुंह से निकला, "बहुत उदास हो?"

ये मुक्ता के पहले शब्द थे, जो दिलीप राय के सामने मुंह से निकले।

वह कुछ चौंक-से गए, "उदास...?"

मुक्ता ने कमरे के उस कोने की ओर देखा, जहां बच्चे की और उसकी मां की तस्वीर थी।

पलंग की पट्टी के पास खड़े दिलीप राय की इस समय उधर पीठ थी, उन्होंने मुक्ता की दृष्टि की दिशा में गर्दन मोड़कर देखा।

फिर चुप–से हो गए। शायद सोच नहीं सके थे कि आज की रात की पहली बात अतीत से जुड़ी हुई होगी।

मुक्ता के भीतर से शीत का एक कंपन उठकर उसकी उंगलियों के पोरों तक फैल गया...और उसका हाथ, जो ठंडा हो गया था, एक विवशता की सी दशा में, दिलीप राय के पहलू से छू गया–शायद किसी गर्माहट की खोज करता हुआ।

दिलीप राय ने मुक्ता को पूरी बांह में लेकर अपने से सटा लिया।

आंखें बंद-सी हो गईं। मुक्ता की भी।

मुक्ता को लगा–जैसे वे दोनों, मौत की ठंड से बचने के प्रयत्न में ज़िंदा मांस की गर्माहट खोज रहे हों।

बिजली की, कोयलों की शक्ल में बनी हुई, हाड़ियों के स्विच पलंग की पट्टी पर इस तरह लगे हुए थे कि जितने कोयले चाहें, बुझाए जा सकते थे। दिलीप राय ने कुछ स्विच दबाकर केवल एक कोयला जलता रहने दिया, बाकी बुझा दिए।

सचमुच एक ऐसी ठंड थी–जो दोनों के अस्तित्व को किसी जगह अपने में लपेट रही थी, और जिसे केवल एक-दूसरे की आग का सेंक चाहिए था।

रात ऐसे बीती कि मांस के ठंडे हाथ सारी रात मांस की कांगड़ी सेंकते रहे–रात का अंतिम पहर आया, रात की गर्माइश से भरा हुआ और बिस्तर की सफेद चादर पर दो शरीर जल-जलकर बुझे हुए से राख के गर्म ढेरों की तरह पड़े हुए थे।

सवेरे का उजाला शायद चेतना होता है–मुक्ता की आंख खुली तो पलंग के दो सिरे–एक-दूसरे से बहुत दूर लगे, इतने कि उसने घबराकर बांह फैलाई, दिलीप राय की बांह थामने के लिए, पलंग के दूसरे सिरे तक पहुंचने के लिए, पर देखा–दोनों के बीच एक बच्चे की लाश पड़ी हुई है, जिसके ऊपर से बांह नहीं ले जा सकती।

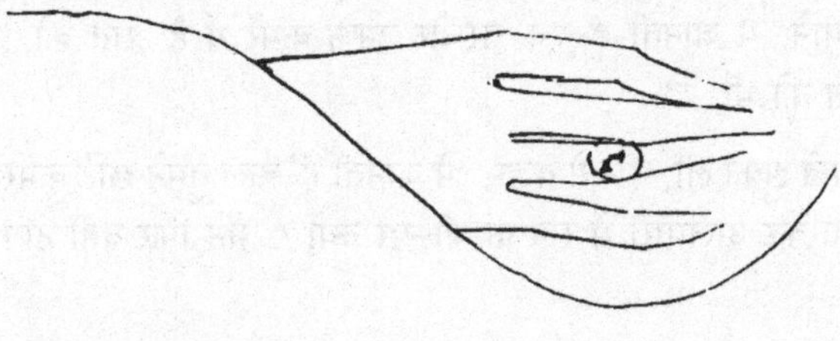

नौ

दिलीप राय की ज़िंदगी में मुक्ता पहली औरत नहीं थी, पर मुक्ता की ज़िंदगी में दिलीप राय पहला मर्द था, और पहले मर्द के साथ बीती पहली रात मुक्ता के लिए भयानकता की सीमा तक सुंदर थी–एक संपूर्ण अस्तित्व की, एक संपूर्ण अस्तित्व के लिए जागी हुई प्यास...इतनी कि सवेरे के उजाले में वह दिलीप राय की ओर एकटक देखती रही। लगा–अभी एक घूंट पानी भी उसने होंठों से लगाकर नहीं देखा है और उसके होंठ बहुत प्यासे हैं।

पर दिलीप राय को इससे विपरीत एहसास हुआ–एक उस प्यास की तृप्ति का, जो पहले कभी उन्होंने अनुभव नहीं की थी। औरत को पहले भी शरीर से लगाया था, पर लगा–आज जैसी रात का पहले कभी उन्होंने अपने शरीर से स्पर्श नहीं किया। उन्होंने भी सवेरे के उजाले में मुक्ता को हैरानी से देखा।

पर दोनों ने अपनी हैरानी के अर्थ समझे, दूसरे की हैरानी के नहीं। इसलिए चाय की मेज़ पर एक अजीब खामोशी छा गई। इतनी, कि खामोशी जैसे आंखों से देखी जा सकने वाली चीज़ हो और जिससे घबराकर दोनों ने आंखें परे कर लीं।

दिलीप राय काम पर चले गए। घर के मेहमानों में से तीन रात की गाड़ी से चले गए थे, और एक अभी सवेरे की गाड़ी से। मां अभी दो दिन और रहने वाली थीं, पर कुसुम आज तीसरे पहर वापस बम्बई जा रही थी। इसलिए मुक्ता अकेली हुई, तो कुसुम उससे छोटे-छोटे मज़ाक करती रही, फिर अचानक गंभीर होकर कहने लगी, "भाभी! एक बात की मैं आपसे माफी चाहती हूं...कल मैंने बहुत चाहा था कि घर में लगी हुई कुछ तस्वीरें उतार दूं...चाची मान गई थीं, पर भाई साहब नहीं माने...मैं जानती हूं–एक तस्वीर उनके कमरे में है...रात को... आपकी पहली रात को भी..."

मुक्ता ने आंखें झुका लीं, धीरे से कहा, "मैं जानती हूं–कल तुमने छोटे कमरे से एक तस्वीर उतारकर अलमारी में रख दी थी–पर क्यों?...मैंने फिर वहीं टांग दी थी।"

दोपहर को मां ने उस अलमारी की चाभी मुक्ता को दी, जिसमें उसके लिए खरीदे हुए कपड़े रखे हुए थे, और वह सूटकेस भी, जो मुक्ता अपने साथ लाई थी। कुसुम उसके साथ सूटकेस के कपड़े अलमारी में रखवाती रही। उसी ने बताया, "पहली भाभी के कपड़े भी बहुत बढ़िया थे, बहुत सारे तो भाई साहब फ्रांस से लाए थे...बिलकुल नये पड़े हुए हैं...पर चाची ने उनमें से कोई कपड़ा आपकी अलमारी में नहीं रखवाया, इसलिए कि शायद आपको यह बात अच्छी न लगे।"

अचानक मुक्ता को लगा–किसी ने धीरे से उसके कंधे पर हाथ रखा है... यह भी महसूस हुआ, यह हाथ कपड़ों के उस बंद ट्रंक में से निकलकर आया है, जो घर की मां ने न जाने कहां–शायद कुछ ट्रकों के नीचे–दबाकर रख दिया है।

मुक्ता के हाथ अलमारी में कपड़े रखते हुए ठिठक गए।

हाथ का स्पर्श, कंधे से नीचे को उतरता हुआ, रीढ़ की हड्डी में फैल गया।

मुक्ता ने फटी-फटी आंखों से अलमारी की ओर देखा...यह सोने के कमरे की दूसरी अलमारी थी, उस पहली के नाप की ही, जिसमें से सवेरे दिलीप राय ने अपने कपड़े निकाले थे।

पूछने की आवश्यकता नहीं थी, दिखाई दे रहा था कि यह अलमारी उसी की थी, जिसके कपड़े इसमें से निकालकर अब किसी ट्रंक में बंद कर दिए गए थे।

चीज़ों में शायद बरतने वाले का कुछ सदा के लिए समा जाता है–लोहे में भी, लकड़ी में भी, मुक्ता को अलमारी में से एक हलकी-सी गंध आई।

एक लंबी सांस भरकर देखा, पर जान नहीं सकी कि यह गंध किसी के हाथों की थी, या लकड़ी में समाई हुई किसी इत्र-फुलेल की।

होंठों के पास सोच की एक लकीर-सी खिंच गई–अगर लकड़ी और लोहे में कोई गंध समाई रह सकती है तो उस बदन में भी ज़रूर होगी, जो रोज़ उसे बांहों में लपेटकर रखता था।

पिछली रात को याद में लाकर, मुक्ता ने दिलीप राय के बदन को जैसे फिर छुआ, बांह से लिपटकर एक गहरी सांस भरी, पर कुछ याद नहीं आया।

"शायद शरीर की जलती हुई आग के समय केवल आग की गंध होती है,

और किसी चीज़ की नहीं...और शायद और सब कुछ उसमें भस्म हो जाता है!"

मुक्ता के विचार को कुसुम ने तोड़ दिया। पूछ रही थी, "भाभी! क्या सोच रही है?"

मुक्ता ने पहली बार जाना–कुछ विचार केवल किसी गंध के समान होते हैं ...हाथ से पकड़कर किसी को दिखाए नहीं जा सकते–हर समय होते भी नहीं। मेह बरसने के समय स्वयं ही आ जाते हैं, घरों के कोनों में गुच्छा-से होकर बैठ जाते हैं, और फिर धूप निकलने पर न जाने कहां चले जाते हैं।

"भाई साहब को कच्चे कीमे के कबाब बहुत पसंद हैं।" एक फिसलने रेशम की साड़ी को तह करते हुए कुसुम ने अचानक कहा।

"कच्चे कीमे के?" मुक्ता ने चौंककर कुसुम की ओर देखा।

कुसुम बताने लगी, "वह जब बम्बई आते हैं, मैं उन्हें बनाकर खिलाया करती हूं, थोड़ी मेहनत लगती है–पहली भाभी कभी नहीं बनाती थीं।"

"तुम मुझे सिखा दो।" मुक्ता ने कहा, और उसके मन में एक हंसी-सी आ गई। याद आया–मां कई बार कहा करती है कि मर्द का मन जीभ में होता है।

"मैं आपको कागज़ पर सारा तरीका लिख देती हूं, मुश्किल नहीं है, सिर्फ ज़रा मेहनत पड़ती है।"

और कुसुम जब कागज़ पर लहसुन का, बड़ी इलायची का और अंडों की ज़र्दी का हिसाब लिख रही थी, मुक्ता को लगा–जैसे वह एक अधेड़ औरत की तरह किसी सयाने से वशीकरण मंत्र लिखवा रही हो।

कुसुम लिखने के साथ-साथ ज़बानी भी बता रही थी कि कैसे कच्चे कीमे को पहले सिलबट्टे से पीसना होता है, और साथ ही हंस भी रही थी, "पर भाई साहब को तो खाते समय पता ही नहीं लगेगा कि क्या खा रहे हैं। वह तो भाभी! बस, आपको ही देखते रहेंगे...देखा था, सवेरे चाय के समय, वह बस आपको ही देखे जा रहे थे...चाची भी भीतर जाकर हंसती रही थीं।"

मुक्ता को खयाल आया–सवेरे वह भी तो उनकी ओर देखती रही थी...कुसुम

ने यह भी देखा होगा, मां ने भी।

और विचार उधर चला गया–जिधर रात को सोने के कमरे के कोने में एक तस्वीर पड़ी हुई थी, और जो सारी रात उसे देखती रही थी...और जिसने सारी रात आंखें नहीं झपकाई थीं।

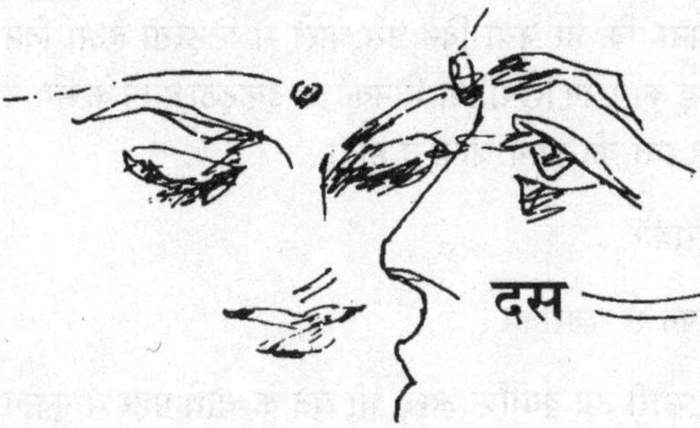

दस

गले के पास जैसे आवाज़ नहीं थी...

पर बाकी सब अंगों के पास थी, केवल अंगों को सुन पड़ने वाली।

दूसरी रात आई, पर उसे पहली के बाद दूसरी कहना भी जैसे उसका अपमान हो।

दिलीप राय ने महसूस किया–यह रात भी पहली है – नई और कुंआरी।

एक आश्चर्य मन में उठा–क्या हर रात का पहली बार आना संभव है? आगे भी संभव होगा?

समझ में नहीं आ रहा था कि इस कोमल-सी, और रेशम के गुच्छे जैसे लड़की के पास क्या है, जिसके अंदर उनका शरीर रेशम के कीड़े की तरह लिपटता जा रहा है!

–नहीं, उन्हें लगा–कुछ है, जो वह सब कुछ देने के बाद भी अपने पास रख लेती है, बचा लेती है, और जिसे पाने के लिए, पूर्ण संतुष्टि में अलसाया हुआ शरीर फिर उसकी ओर देखता है; उसकी ओर बढ़ता है...

मुक्ता ने इस रात को कुछ जाना, पर दिलीप राय के अर्थों में नहीं, बिलकुल

अपने अर्थों में, बड़े निजी अर्थों में–कि रात की ये घड़ियां हवन की आग की तरह जलती हैं और उसमें, जो कुछ भी दिलीप राय का उससे अलग है, अकेला है, वह सब हवन की सामग्री की तरह भस्म हो जाता है।

और जो 'सच' बाकी रह जाता है, वह केवल आग है...

मुक्ता ने यह भी जाना–कि हर नया दिन उस पाले से ठिठुरता हुआ दिन होगा, जिसमें घर के छोटे-बड़े काम उन छिपटियों-तिनकों को इकट्ठा करने के समान होंगे, जिनके आसरे पर यह रात की आग जलानी होगी...

दिन के पाले से घबराकर...

अपने-अपने अकेलेपन से घबराकर...

और शायद हमेशा...सारी उम्र क्योंकि आज भी रात के चौथे पहर में मुक्ता को वही अनुभूति हुई कि पलंग के दो सिरे एक-दूसरे से बहुत दूर हैं, इतने कि एक सिरे की ओर सोई हुई मुक्ता का दूसरे सिरे पर सोए हुए दिलीप राय तक हाथ नहीं पहुंच रहा है...

आज इस चौथे पहर के बाद मुक्ता को नींद नहीं आई। अभी झुटपुटा ही था, जब वह उठी और घर के पीछे बगीचे में चली गई। हर बूटे को, हर टहनी को हाथ से छुआ, जैसे उसे पत्ते-पत्ते की पहचान करनी हो।

और भोर के प्रथम प्रकाश में मुक्ता ने कुछ फूल और पत्तियां तोड़ी, पानी के एक गिलास में उन्हें तरतीब से सजाया, और कमरे में लौट आई। कमरे में–बस, फर्श था, और पलंग, इसलिए फूलों को रखने के लिए केवल एक ही जगह थी, जहां दृष्टि पड़ी–दीवार के कोने वाली पत्थर की वह रौंस, जहां वह तस्वीर पड़ी हुई थी, इसलिए मुक्ता ने वह फूल भी तस्वीर के पास ही रख दिए।

मुक्ता ने जब फूल तोड़े थे, उसे तस्वीर का खयाल नहीं था, पर कमरे में आई तो उस तस्वीर ने जैसे वह फूल मांग लिए...

वह नहीं सोचना चाहती थी, लेकिन फूल तस्वीर के पास रख दिए तो सोचती ही गई–कुछ फूल सिर्फ किसी कब्र पर चढ़ाने के लिए उगते हैं...शायद मैं भी...

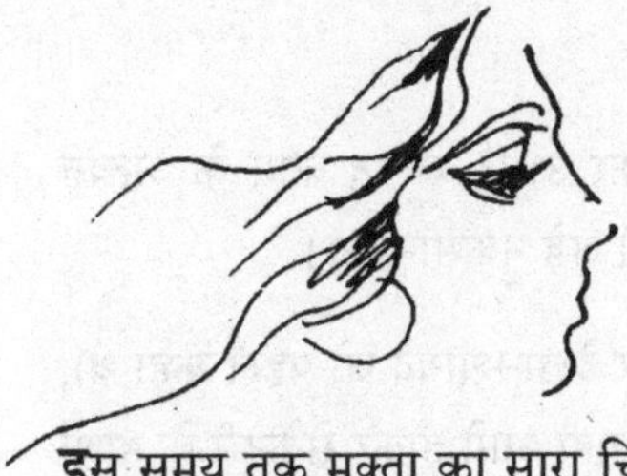

ग्यारह

इस समय तक मुक्ता का सारा चिंतन–सीधा-सा, साधारण, और उस औरत की मृत्यु से जुड़ा हुआ था, जिसकी मृत्यु के बाद उसके मर्द को मुक्ता ने अपना मर्द बना लिया था।

पर जिस समय सवेरे के नाशते की चाय मेज़ पर रख दी गई और दिलीप राय अपने कमरे में से काम पर जाने के लिए तैयार होकर आए–तो मुक्ता का सारा चिंतन जैसे एकाएकी रास्ते से लौट गया...

अचानक उस मोड़ पर आ गया, जहां से एक नया रास्ता भी, न जाने किधर जाने वाला, उसके पांवों के आगे आ गया हो...

आज दिलीप राय ने मुक्ता की ओर देखा था, पर बिलकुल उस तरह, जिस तरह चाय के प्याले की तरफ, या उबले हुए अंडों की तरफ।

दृष्टि में क्षण-भर का संबंध था, इससे अधिक कुछ नहीं...

एक ठंडी-सी लकीर मुक्ता के कंधों से उतरकर पीठ की हड्डी में फैल गई।

आज कमरे में कुसुम भी नहीं थी, और मां भी नहीं, इसलिए मुक्ता ने कुछ निस्संकोच होकर कई बार दृष्टि भरकर दिलीप राय की ओर देखा–एक तना हुआ शरीर, तराशे हुए नक्श, पर जिस सबसे हर चीज़ एक फासले पर होने का एहसास देती हो।

पहने हुए कपड़े भी–अंगों के निकट होकर खड़े हुए, लेकिन अंगों के स्पर्श से दूर...

अचानक हाथ में एक कागज़ लिए हुए सेक्रेटरी कमरे में आया–"सर! यह तार..."

दिलीप राय ने निगाह उठाकर उधर देखा और उधर की आवाज़ परे, और जहां थी, वहीं रुक गई...

"दफ्तर में बैठो," दिलीप राय ने धीमे स्वर से कहा, और केतली में से गर्म

चाय प्याले में डाली।

"सर!.." एक बार उधर की आवाज़ फिर उभरी, शायद काम के अत्यंत आवश्यक होने का आग्रह था, या शायद किसी बड़े नुकसान का।

दिलीप राय ने कहा कुछ नहीं, सिर्फ उधर देखा–शायद जो पहले कहा था, वह अभी भी वहीं हवा में ठहरा हुआ था, और वही आगे होकर सेक्रेटरी के हाथों से टकरा गया। वह उन्हीं पैरों पीछे चला गया–बाहर वाले, घर के अंतिम सिरे पर बने हए उस कमरे में, जो नेहरू प्लेस वाले दफ्तर का एक छोटा-सा टुकड़ा घर में भी था, दफ्तर के समय से हटकर और अलग...

मुक्ता को लगा–दिलीप राय ने घर के समय का एक टुकड़ा, जैसे अभी उसके सामने, काम के समय से तोड़कर कमरे में रखा है।

रंगों में भय की एक हलकी-सी लकीर फिर गई। इसलिए नहीं कि दिलीप राय को घर के एकांत में कामों का दखल पसंद नहीं था, सिर्फ इसलिए कि समय के इस टुकड़े को, उन्होंने जैसे एक ठंडे चाकू से चीरकर अलग किया हो...

...एक सामर्थ्य–पर लोहे की धार के समान तीक्ष्ण और ठंडी...

दिलीप राय उठकर कमरे से जाने लगे तो एक नज़र मुक्ता की ओर देखा, पूछा, "कोई चीज़ चाहिए?"

मुक्ता के होंठों के पास एक मुस्कराहट उभरी, जैसे 'नहीं' शब्द उभरा हो ...और दिलीप राय जब कमरे से चले गए, मुक्ता को लगा–उनका कमरे में होना और कमरे से जाना भी उनके अधीन है, आज्ञा में बंधा हुआ...

धरती की ग्रैविटी की तरह...

और मुक्ता को पहली बार लगा–एक और राह भी है, जो एक और कब्र की ओर जाती है...न जाने किसकी–न जाने कहां...

पर सवेरे की वह अनुभूति मन में और गहरी उतर गई–कुछ फूल सिर्फ किसी कब्र पर चढ़ने के लिए उगते हैं...शायद मैं भी...

बारह

पैर, अचेत-से, सोने के कमरे की ओर मुड़े...

पर वह कमरे के दरवाज़े के पास पहुंचकर ठिठक गई–कमरा जैसे अपना न हो, किसी और का हो...

आंखों में पलंग की पहचान थी, और पलंग के पास पड़े हुए बिजली के बुझे हुए कोयलों की भी, पर कमरे की एक ठंडी-सी गंध थी–जो अजनबी थी.....

मन में बीती हुई रात सुलगी, और उसका सारा सेंक जाना–पहचाना लगा, पर ऐसे, जैसे एक पुरातन घटना हो–वर्तमान से टूटी हुई...

वर्तमान, सिकुड़कर, कमरे की दहलीज़ों में बैठा हुआ लगा, और कमरे के अंदर की ओर इस तरह झांकता हुआ, जैसे अंदर सिर्फ इतिहास के खंडहर हों...

मुक्ता ने इस अचम्भे को पैरों के तलवों तक महसूस किया, लगा–शायद हर रात दिन की लौ का स्पर्श पाते ही इतिहास का खंडहर बन जाया करेगी, और हर दिन वह वर्तमान होगा, जो कमरे से बाहर होगा...

फर्श का या दीवार का सहारा काफी नहीं था। मुक्ता को एक ऐसा सहारा चाहिए था, जो दहलीज़ में खड़े हुए उसके वर्तमान को भीतर कमरे में ले जाए, कमरे की हर चीज़ से जोड़ दे, दिलीप राय की अनुपस्थिति से भी...

सहारे का एक तार-सा हाथ में आया–याद आया, ब्याह की रस्म के लिए उसके मां-बाप को अपना घर दिलीप राय के स्वागत के लिए बहुत छोटा लगा था, अपने अस्तित्व पर स्वयं शरमाता-सा, और अपने निम्न मध्यवर्गीय विचार की भांति सहमकर खड़ा हुआ, और उन्होंने घबराकर संदेश भिजवाया था कि यह रस्म बाहर किसी और स्थान पर की जा सकती है...

घर के एक मित्र ने भी बताया था कि अब आलीशान होटलों में, हवन की अग्नि के लिए भी, किराये के कमरे बन गए हैं...

तब मुक्ता को लगा था–जैसे किसी भी घर की ज़मीन उसके पांवों के नीचे नहीं है...

आंखों के आगे शून्य आ गया था–जो किराये के कमरे से लेकर किराये के रिश्ते तक फैलता दिखाई दे रहा था...

पर उस क्षण मुक्ता के मन को दिलीप राय ने जैसे हाथ देकर बचा लिया था। वापसी संदेश भेजा था–यह रस्म उसी घर में होगी, बाहर कहीं नहीं।

और विवाह-संस्कार वाली रात को दिलीप राय को जयमाला पहनाते हुए मुक्ता की आंखों में वह स्वागत भी भर आया था, जो केवल उसकी ओर से नहीं था, घर के फर्शों की उखड़ी हुई और दराज़ों वाली ईंटों की ओर से भी था...

आज, इस घड़ी, उस बीती हुई घड़ी का सहारा लेते हुए मुक्ता ने दिलीप राय के कमरे से जुड़ना चाहा–उसके पास जाकर, उसकी आत्मा को हाथों से छूकर... अपना बनाकर...

और वह पांवों पर ज़ोर-सा डालते हुए पलंग के पास आई...

पर पैर, पलंग के पाये में अटक गए–एक खयाल आया, जो पहले नहीं आया था–रात को जिस समय शरीर का शरीर पर अधिकार होता है, क्या वह अधिकार सचमुच का होता है?

लगा–दिलीप राय का वजूद उसके लिए पूरी धरती बन जाता है, उत्तरी ध्रुव से लेकर दक्षिणी ध्रुव तक–जिसके निर्जनों में वह खो जाती है, और जिसकी आबादियों में वह बस जाती है, और वह मीलों पर मील फलांगने पर भी धरती की थाह नहीं पा सकती...हाथ एक अनंत में भटकते रह जाते हैं...

पर वह, दिलीप राय, कभी भी उसे धरती की तरह नहीं ढूंढ़ते, वह हमेशा एक नपी-तुली चीज़ की तरह उसे अंगों में संभाल लेते हैं, चाहें तो बांहों में समेट लेते हैं, चाहें तो परे एक ओर धर देते हैं...

आंखों में पानी भर आया, लगा–उसका अस्तित्व इतना छोटा है, सीमित, कि आंखों के पानी में भी डूब सकता है...

और मुक्ता को लगा–किसी और की नहीं, उसकी अपनी क़ब्र है, कहीं बनी हुई, जिस पर चढ़ाए जाने के लिए वह फूल की तरह उगी है...

तेरह

मां घर में थी तो मुक्ता को रसोई में जाना सहज नहीं लगा था। उसे लगा था, मां सोचेगी कि मैं घर का सब कुछ अपने हाथों में ले रही हूं, बहुत जल्दी; इसलिए जो कुछ जिसके हवाले था, उसी तरह रहने दिया।

वैसे भी, अभी तक उसने दिलीप राय की पसंद या नापसंद को नहीं जाना था, सिवाय इसके कि हर दोपहर को और हर शाम स्टीम की हुई सब्ज़ियों की एक डिश ज़रूर बनती थी, जो मां ने कभी नहीं खाई थी, शायद पसंद नहीं थी, पर वह मेज़ पर ज़रूरी परोसी जाती थी, जिससे लगता था कि वह दिलीप राय के खाने का एक ज़रूरी हिस्सा बनी हुई है।

मां कोई बीस दिन बाद वापस पंजाब चली गई तो मुक्ता ने उसी शाम कुसुम का लिखकर दिया हुआ काग़ज़ निकाला और पहली बार रसोई में गई। उस दिन मुक्ता ने कच्चे कीमे के कबाब बनाए।

संध्या समय, दिलीप राय ने हर रोज़ की तरह अपने लिए स्कॉच व्हिस्की का गिलास बनाया और मुक्ता के लिए गिलास में सेबों का रस डाला तो उस समय मुक्ता ने कुछ झिझकते हुए कबाब की प्लेट मेज़ पर रख दी।

घर में यह उसका पहला प्रयत्न था, इसलिए वह झिझक कुछ और ही तरह की थी, और इससे बचने के लिए उसने सेबों के रस वाले गिलास को हाथ में लेकर एक घूंट भरा भी, पर गिलास को होंठों से हटाया नहीं,–शायद चेहरे को थोड़ी-सी

ओट की आवश्यकता थी, भले ही वह गिलास की गोलाई के तीन इंच की ओर ही क्यों न हो...

"अच्छा..." दिलीप राय ने कबाब के स्वाद को पहचानते हुए धीरे से कहा और फिर एक नज़र मुक्ता की ओर देखा।

मुक्ता का कुछ मुस्करा देना स्वाभाविक था, पर अपने होंठों में सिमटती हुई सी यह मुस्कराहट भी मुक्ता को स्वाभाविक नहीं लगी। लगा–कबाब की प्लेट का तो पता नहीं, पर उसने अपने होंठों की मुस्कराहट एक रिश्वत की तरह दी है...

मुक्ता की आंखें–शर्मिन्दा-सी–नीचे फर्श की ओर देखने लगीं...

फर्श के सफेद सीमेंट में मिले हुए पत्थर के छोटे और काले टुकड़े आंखों के आगे रेंगने लगे...

मन में एक सहम-सा आया—यह रिश्वत, जो आज होंठों पर एक मुस्कराहट बनकर आई है, कभी शब्द बनकर भी आ सकती है...और मुक्ता को किसी से नहीं, अपने होंठों से एक भय-सा आ गया...

पर इस भय में से एक और अलग प्रकार का भय उभरा–नहीं, दिलीप राय के सामने उसके होंठ शब्दों की रिश्वत नहीं दे सकेंगे, वह केवल घबराकर, किसी दिन, किसी भी घड़ी, सिसक उठेंगे...और घर की हवा में उस गुनाह की स्वीकृति फैल जाएगी, जो अभी केवल उसके मन में दबा हुआ है...

एक संकोच था, मुक्ता की आंखें ऊपर नहीं उठ रही थीं। दिलीप राय ने संकोच को समझा, पर संकोच की भयानकता को नहीं। कहा, "मिस दिल्ली के हाथों के बने कबाब भी मिलेंगे, यह नहीं सोचा था..."

मन की सेंक से होंठ भी पिघले, ओर दिलीप राय ने निकट आकर मुक्ता के होंठों को छुआ...

महक व्हिस्की की भी थी, भुने हुए कबाब की भी, और दिलीप राय की सांसों की भी–मुक्ता महक में भीग गई...

'मन गीला हो आया तो मुक्ता को लगा–जैसे आंखों का कर्म आज मन के हिस्से में आ गया हो...

"मिस दिल्ली..." दिलीप राय के होंठों के पास एक हलकी-सी शोखी आई...

"कुसुम ने बताया था?" मुक्ता ने धीरे से पूछा।

"क्या?"

"कि मिस दिल्ली बनना चाहती थी?"

"हां..."

"पर बन नहीं सकी..."

"बन सकती थी...मुश्किल नहीं था..."

"बाहर की मुश्किल तो मालूम नहीं, पर मुश्किल अंदर थी, घर में..."

"घर से इजाज़त नहीं मिली...मैं जानता हूं..."

"फिर जो बन नहीं सकी..." मुक्ता कुछ कहते-कहते चुप हो गई। कहना चाहती थी–'फिर मिस दिल्ली क्यों कहते हो? पहली रात भी यही कहा था...'

मुक्ता को पहली रात भी इस शब्द में से एक हलके-से व्यंग्य का अनुभव हुआ था, आज भी हुआ, पर पूछना चाहकर भी पूछ नहीं सकी।

लगा–हवन की अग्नि, हाथों में एक संबंध थमा सकती है, पर उसकी लौ मन के अंधेरे कोनों तक कभी नहीं पहुंच सकती, और वह कोने किसी भी संबंध की सीमा के बाहर रह जाते हैं...

दिलीप राय मुक्ता के बिलकुल पास आकर हंस-से पड़े। बोले, "अगर अखबारों में छपता, क्या सिर्फ तभी माना जाता? कोई वह खबर भी सच्ची हो सकती है, जो अखबारों के बाहर रह जाए..."

"क्या मतलब?"

"फार्म भरा जाता, तो आखिर यह फैसला भी किसी आदमी ने ही करना था न..."

"हां, जो कोई भी जज होता..."

"कोई जज या ज्यूरी–पर वह मैं भी हो सकता हूं...क्या यह काफी नहीं?"

मुक्ता ने पूरे मन से मुस्कराना चाहा, लगा–अगर यह अर्थ केवल इतने ही हैं, सीधे और सीमित, तो उसके लिए इनका अखबारों के बाहर रह जाना उससे भी अधिक गंभीर है, जितना कि अखबारों के अंदर आ जाने से होता...यह खबर सिर्फ कुछ दिनों के लिए होती, और यह जो अखबारों के बाहर है, उम्र-भर के लिए हो सकती है...

पर मुक्ता चाहकर भी मुस्करा न सकी, लगा–इंसान के मन को, अखबार की तरह, साधारण आंखों से नहीं पढ़ा जा सकता...

"कल इतवार है, मिस दिल्ली ने, मेरा खयाल है, पूरी दिल्ली नहीं देखी होगी। सवेरे, बहुत तड़के, दूर तक जाया जा सकता है, ...एक लांग ड्राइव..." दिलीप राय ने कहा तो मुक्ता का मन सहज हो गया।

यह आज पहला दिन था, जब दिलीप राय ने मुक्ता को अपने साथ कहीं चलने के लिए कहा था। वह पिछले दिनों में तीन बार घर के बाहर गई थी, अपने माता-पिता से मिलने के लिए, तो तीनों बार घर का ड्राइवर उसे सवेरे के समय गाड़ी में ले गया था, संध्या समय ले आया था। दिलीप राय न वहां उसके साथ गए थे, न और कहीं साथ चलने के लिए उससे कहा था। इसका कारण मुक्ता ने अपने मन में ही खोज लिया था–कि घर की दुर्घटनाओं के बाद यही स्वाभाविक हो सकता था। आज उन्होंने सवेरे एक लांग ड्राइव के लिए कहा तो मुक्ता को लगा–जैसे वह दुर्घटनाओं की सीमा को पार करके कुछ इधर उसकी ओर आ रहे हों...

चौदह

सवेरे बहुत तड़के उठना था, दिलीप राय ने चाय की थरमस और पनीर, बिस्कुट जैसी कुछ चीज़ें साथ रखने के लिए कहा था, इसलिए मुक्ता की रात के पिछले पहर में आंख खुल गई तो फिर नींद नहीं आई।

यह रात के पिछले पहर का जाग उठना मुक्ता के मन पर ठंडी ओस की तरह गिरने लगा–क्या वह सचमुच दुर्घटनाओं की सीमा को पार करके, कुछ इधर उसकी ओर आ रहे हैं, या उसका हाथ पकड़कर उसे भी परे दुर्घटनाओं की सीमा के अंदर ले जा रहे हैं?

लगा–शायद इसी तरह वह 'उस' के साथ एक लंबी ड्राइव पर जाया करते होंगे...इसी तरह चाय की थरमस उसके साथ रहा करती होगी...

मुक्ता ने चौंककर अपने हाथों की ओर देखा—विश्वास नहीं हुआ कि इन नए हाथों से क्या सचमुच उनके पुराने दिनों को थामा जा सकेगा?

कांपते हुए हाथों से मुक्ता ने अलमारी के निकट जाकर अलमारी को खोला और वह चाभी निकाली, जो मां ने जाते समय दी थी और कहा था–'यह पहली के ट्रंक की चाभी है। तेरा जी करे तो खोलकर चीज़ें निकालकर बरत लेना, जी करे तो किसी को दे देना...' और मुक्ता ने दबे पांव स्टोर में जाकर वह ट्रंक खोला, जिसमें पहली के कपड़े रखकर वह ट्रक बंद कर दिया था...

कई साड़ियां मुक्ता ने हाथों में उठाईं, फिर रख दीं, यह नहीं पता चल रहा था, नए हाथों से पुराने दिनों को पकड़ने के लिए किन धागों का सहारा लिया जा सकता है...

एक साड़ी आंखों को अलग-सी लगी–रंग-बिरंगी पतली लकीरों के जाल में लिपटी हुई। खयाल आया–शायद यह वही हो, जो कुसुम ने बताया था कि वह फ्रांस से लाए थे।

मुक्ता ने ट्रंक को बंद करते हुए वह साड़ी बाहर रख ली, और गुसलखाने में नहाने के लिए चली गई। और नहाकर उस साड़ी को पहनते हुए उसे अजीब-सा

एहसास हुआ–जैसे वह कपड़े नहीं, जन्म बदल रही हो...

अभी अंधेरा था, जब गाड़ी में चाय और बाकी चीज़ें रखवाकर, मुक्ता ने दिलीप राय को जगाया। जागने और तैयार होने के वक्त दिलीप राय ने शायद ध्यान नहीं दिया; लेकिन बाहर आकर, गाड़ी में बैठते समय एक बार उन्होंने मुक्ता की ओर देखा, तो मुक्ता को लगा–उनकी नज़र साड़ी के पल्ले पर अटक-सी गई है।

पर दिलीप राय ने कुछ नहीं कहा। चुपचाप गाड़ी चलाने लगे, और मुक्ता गाड़ी की खिड़की से दिल्ली के खंडहरों को देखती एक विचार में उतर गई–न जाने इस दिल्ली ने मेरे भीतर कितनी बार बनना-उभरना है और कितनी बार खंडहर होना है...

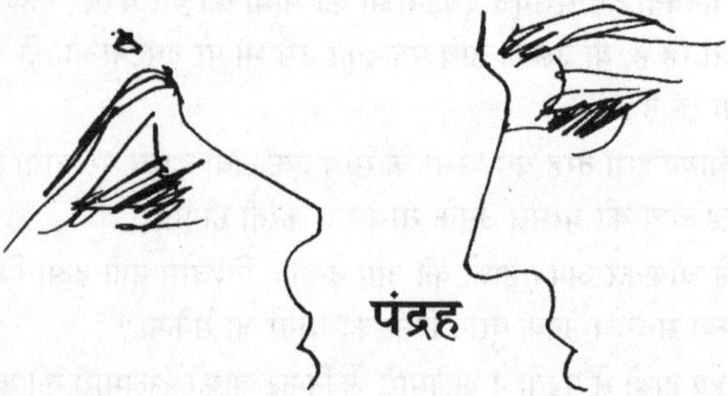

पंद्रह

डॉक्टर ने मुक्ता का मुआयना किया तो पहली बधाई दिलीप राय को दी, दूसरी मुक्ता को।

यह वही डॉक्टर थी, जिसके हाथों दिलीप राय के पहले बच्चे का जन्म हुआ था। उसे उस बच्चे की मृत्यु का भी पता था, इसलिए उसकी आंखों में इस समय बधाई की पहली आवश्यकता दिलीप राय को थी।

दिलीप राय को एक तसल्ली का एहसास हुआ, पर डॉक्टर के जाने के बाद जब उन्होंने मुक्ता को आंखों में भरकर देखा, लगा–यह तसल्ली का एहसास उन्हें इतना अपनी खातिर नहीं हुआ था, जितना मुक्ता की खातिर...

जिस दिन मुक्ता ने घर की पहली औरत के कपड़े निकालकर पहने थे, दिलीप राय ने कहा कुछ नहीं था, पर उस दिन से एक चिंता उनके मन में उतर

गई थी कि मुक्ता इस घर में आई है, पर अपना अस्तित्व पहनकर नहीं...

आज उन्होंने मुक्ता को आंखों में भरकर देखा तो मुक्ता मुस्करा पड़ी, पर क्षण-भर की तसल्ली के बाद दिलीप राय ने महसूस किया कि मुक्ता की मुस्कराहट जैसे किसी खंडहर में से निकलकर सामने आई हो–बीते काल की धूल में लिपटी हुई, और किनारों से घिसी-टूटी हुई...

"तुम खुश नहीं हो?" खुशी के पहले क्षण में ही दिलीप राय ने अचानक मुक्ता से पूछा; पर अपने शब्द ही कानों को अजीब लगे।

"खुश हूं,"...मुक्ता ने कहा, पर जल्दी से, जैसे पांव स्थिर न हो...

दिलीप राय ने एक संजीदगी से मुक्ता की इस घबराहट को झेल लिया, और उसका अपना ध्यान नई ओर मोड़ना चाहा, पूछा, "तुम्हारा क्या जी करता है, लड़की हो या..."

"लड़का..." मुक्ता ने जल्दी से कहा।

दिलीप राय हंस पड़े। कुछ कहा नहीं, पर सोचा–हर औरत यही कहती है, पता नहीं क्यों? औरत को अपनी ज़ात अच्छी नहीं लगती।

कहा, "अगर लड़की हुई, तो?"

"हो ही नहीं सकती।"

"क्यों?"

"आप नहीं जानते।"

दिलीप राय हंसने लगे, पर मुक्ता नहीं हंसी। उसने सिर्फ एक उछलती नज़र से उधर देखा, जिधर कमरे में बच्चे की तस्वीर पड़ी हुई थी।

"मां को खत लिखू? बहुत खुश होगी।"...दिलीप राय ने कहा तो मुक्ता चौंक-सी गई, बोली, "नहीं, मुझे डर लगता है।"

"डर? काहे का?"

"पता नहीं...शायद यह कि यह सच नहीं...नहीं, खत मत लिखना..."

दिलीप राय फिर हंस पड़े, पर कहने लगे, "अच्छा, नहीं लिखता, अगले हफ्ते लिखूंगा, या उससे अगले हफ्ते। जब भी तुम कहोगी।"

फिर दो हफ्ते भी बीत गए, पर खत लिखने का समय आकर भी नहीं आया। मुक्ता अचानक पीड़ा से तड़पने लगी, और डॉक्टर ने आकर कहा कि इस बच्चे को बचाया नहीं जा सकता।

हलका-सा ऑपरेशन करना पड़ा, पर मुक्ता को पीडामुक्त करके भी डॉक्टर जानती थी कि इस समय एक तसल्ली और हमदर्दी की आवश्यकता जितनी मुक्ता को है, उतनी दिलीप राय को नहीं। इसलिए डॉक्टर ने बड़े अपनत्व से मुक्ता के लिए समय लगाया और विश्वास दिलाना चाहा कि आगे के लिए कोई सहम उसके लिए अंदर न बैठे। मुक्ता की मां उस दिन पास रही थी। उसने घबराकर डॉक्टर से पूछा था कि एक बार अगर ऐसा हो जाए तो आगे भी सचमुच हमेशा ऐसे ही होने का खतरा होता है क्या? इसलिए डॉक्टर ने मुक्ता को, और उसकी मां को, तसल्ली देते हुए इकरार किया कि फिर वक्त आया तो मुक्ता की सारी हिफाज़त पहले दिन से ही अपने हाथ में ले लेगी।

मुक्ता ने सिर्फ सुना, पूछा कुछ नहीं...शायद सुना भी नहीं। डॉक्टर चली गई, मां चली गई, तो उसने सिर्फ दिलीप राय से कहा, "आप बहुत उदास हैं?"

दिलीप राय ने कुछ चौंककर मुक्ता की ओर देखा। इस समय वह पीली ज़र्द-सी पलंग पर पड़ी हुई थी, और उसका यह प्रश्न कुछ स्वाभाविक हो सकता था, लेकिन दिलीप राय को स्वाभाविक नहीं लगा। लगा–ये शब्द आज के नहीं, ब्याह की पहली रात के, यहीं पलंग के पास पड़े हुए हैं...पहली रात पहले शब्द मुक्ता ने उनसे यही कहे थे...

कुछ समझ में नहीं आया तो दिलीप राय पलंग की पट्टी पर मुक्ता के पास बैठ गए, और उसके एक हाथ को अपने हाथों में लेकर उसकी ओर देखने लगे।

देखा–मुक्ता की आंखों में पानी भर आया है...

"ऐसे ही होना था, मुझे लगता था..." मुक्ता ने धीरे से कहा और एक ठंडी सांस भरी, जैसे एक अंतिम निर्णय अपने ही मुंह से अपने कानों को सुनाया हो।

"मुक्ता !..." दिलीप राय ने मुंह से निकाला तो मुक्ता ने एक आराम की सांस लेकर उनकी ओर देखा। लगा–इस पीड़ा की घड़ी में वह मुक्ता के कुछ निकट आ गए हैं...इसीलिए शायद उन्होंने आज मिस दिल्ली नहीं कहा...आज पहली बार मुक्ता कहा है।

पर दिलीप राय उसी तरह हैरान उसकी ओर देख रहे थे, शायद उसकी ओर नहीं, सिर्फ इन शब्दों की ओर–'ऐसे ही होना था, मुझे लगता था...'

"क्या सोच रहे हैं?"–मुक्ता ने अचानक पूछा।

"तुम्हें ऐसा क्यों लगता था मुक्ता? शायद कुछ है, जो तुम मुझे नहीं बता रही हो!"

दिलीप राय का प्रशन सीधा मुक्ता से टकरा गया तो मुक्ता ने घबराकर अपना हाथ उनके हाथों से खींच लिया।

कुछ बच्चे के अस्तित्व से भी अधिक, जैसे मुक्ता के शरीर में से निचुड़ गया और वह बिलकुल बेजान-सी कमरे की दीवारों की ओर देखने लगी...

"मुक्ता!"

दिलीप राय ने मुक्ता के होंठों के पास झुककर ऐसे आवाज़ दी, जैसे कोई कदम-कदम पर जाते हुए व्यक्ति को ज़ोर से आवाज़ देकर रोकना चाहे।

मुक्ता का मन ठिठककर खड़ा हो गया–परे जाने के लिए भी कोई जगह नहीं थी, इसलिए वहीं खड़े होकर, कांपकर, दिलीप राय की ओर देखने लगा...

दिलीप राय को याद आया–आज से कई दिन पहले, उस दिन, जिस दिन डॉक्टर ने पहली बार बधाई दी थी, उस दिन भी मुक्ता ने कहा था–'नहीं, मां को खत मत लिखना...मुझे डर लगता है...'

लगा–कुछ है, जो मुक्ता को भीतर ही भीतर तोड़ रहा है...शायद वही कुछ आज उसे इस तरह लहूलुहान कर गया है...

दिलीप राय ने धीरे से मुक्ता के माथे पर हाथ रखा, पर मुंह से कुछ नहीं कहा।

पर दिलीप राय की हथेली के स्पर्श से मुक्ता के माथे की नस पिघल गई, आंखों में पानी बनकर आ गईं...

दिलीप राय ने उसकी आंखों से झर आए पानी को अपने पोरों से पोंछा और उसे कुछ हंसाने का जतन करते हुए कहा, "तुम औरतों को कई बातों का आप ही आप किस तरह पता चल जाता है? जानती हो, मां क्या कह रही थीं?"

"क्या?"

"कि यह ज़रूर लड़का था, तभी चला गया...लड़की होती तो ऐसा कुछ होना ही नहीं था...लड़कियों की बारी इस तरह नहीं हुआ करता...सो, अगली बार तुम अभी से सोच लो कि लड़की होगी, और इसलिए फिर ऐसे नहीं होगा...रोने की क्या बात है?"

"नहीं, अगली बार भी लड़की नहीं होगी..." मुक्ता के मुंह से यह निकला तो दिलीप राय फिर चौंक गए, पर हंसते हुए पूछने लगे, "तुम औरतों को यह किस तरह पता लग जाता है? इस बार भी तुम कहती थीं..."

"मुझे मालूम था।"

"कैसे?"

"यह राहुल था।"

दिलीप राय ने मुक्ता के मुंह से अपने मरे हुए बच्चे का नाम सुना तो कांपकर मुक्ता की ओर देखा।

—सचमुच यह राहुल था...मुक्ता के मन ने छलक जाना चाहा, कहना चाहा कि मैं जब यहां आई थी तो मेरी गोद में उसकी लाश पड़ी हुई थी...वहीं रोज़ हमारे पलंग पर होती थी...हम दोनों के बीच...अब वही मेरे भीतर थी...

पर मुक्ता की जीभ जैसे सुन्न हो गई, यह भयानक सारा कुछ जीभ पर जम गया...

"मुक्ता!" दिलीप राय ने घबराकर मुक्ता का सिर अपने घुटनों पर रख लिया, फिर प्यार से कहा, "यह पागलपन है मुक्ता! तुम यही सोचा करती थीं?

तुम्हें इसीलिए डर लगा करता था?"

मुक्ता ने ज़र्द होकर दिलीप राय की ओर देखा, फिर कांपती हुई सी कहने लगी, "वह इसीलिए मर गया था, क्योंकि मैंने चाहा था।"

"पगली! तुमने तो उसे..."

पर मुक्ता दिलीप राय की बात को सुने बिना कहती गई, "नहीं, यह मैंने सोचा था कि वह न हो...तो वह मुझसे गुस्सा होकर चला गया...वह इसीलिए... इसीलिए..."

दिलीप राय ने मुक्ता के कांपते हुए होंठों को हथेली से चुप करना चाहा, पर मुक्ता के मन में जो कुछ था, वह सारे का सारा दिलीप राय की हथेलियों पर आ पड़ा, "आपने मुझे बच्चे की खातिर चाहा था, अपने लिए नहीं...पर मैं आपको चाहती थी–सारा, किसी और का नहीं...बच्चे का भी नहीं...इसीलिए मैंने चाहा, वह न हो..."

"तुमने इसीलिए कई महीने ब्याह के लिए 'हां' नहीं की थी?"...दिलीप राय ने बड़े धीरे से संभली हुई आवाज़ में पूछा।

"हां, इसीलिए...और सिर्फ इसलिए नहीं कि आपका एक बच्चा था, इसलिए भी, कि पहले मेरी जगह पर कोई और थी...अब नहीं थी, पर पहले थी...क्यों थी..."

"वह मेरी बेवफाई थी।" दिलीप राय ने एक बार हंसकर कहा, फिर पलंग से उठकर, पलंग के पास खड़े होकर मुक्ता की ओर देखते हुए गंभीर हो गए। कहने लगे, "तुमने सचमुच मुझसे इस तरह प्यार किया है मुक्ता?"

और फिर वह मुक्ता के पास झुककर कहने लगे, "खतरनाक औरत! जब तुझे सोचा था, तब यह मैंने नहीं सोचा था..."

मुक्ता ने अपनी कांपती हुई बांह उनके गले में लपेट दी–कहा, "पर मेरी मुहब्बत में यह गुनाह क्यों शामिल हो गया? मैं आपको पाना चाहती थी, नहीं चाहती थी कि आप किसी और के भी हों, बच्चे के भी नहीं, पर मैं बच्चे की मौत नहीं चाहती थी...यह चाहती थी कि वह न हो, पर यह नहीं चाहती थी कि वह

मर जाए..."

दिलीप राय ने अपने हाथों से जैसे अनन्त के क्षण को छू लिया, मुक्ता की मुहब्बत को बच्चे का अस्तित्व स्वीकार नहीं था, पर उसकी मृत्यु भी स्वीकार नहीं थी, और इस बात को जितना मुक्ता ने भी नहीं पाया था, वह दिलीप राय ने पा लिया...

मुक्ता ने फिर कहा, "मैं अपने और आपके बीच वह बच्चा नहीं चाहती थी, वह नहीं रहा, पर उसकी जगह उसकी लाश आ गई...रोज़, यहां पलंग पर..."

दिलीप राय ने मुक्ता के होंठों पर अपना हाथ रख दिया, कहा, "नहीं मुक्ता! तुम्हारे और मेरे बीच और कोई चीज़ नहीं है। मेरा अतीत शायद था, पर अब नहीं है..."

मुक्ता सवेरे जागी तो देखा–कमरे में रोज़ वाली जगह पर वह तस्वीर नहीं थी, जो दिलीप राय ने किसी के भी कहने पर कमरे से उठाने नहीं दी थी...

मुक्ता ने धीरे से उठकर बराबर के कमरे की अलमारी टटोली तो वह तस्वीर मिल गई। उसने तस्वीर को फिर अलमारी में से उठाया, उसे पोंछा और कमरे में उसी जगह पर रख दिया, जहां वह हमेशा रखी रहती थी। दिलीप राय ने तस्वीर को फिर उसी जगह पर देखकर मुक्ता की ओर देखा तो मुक्ता हंस पड़ी, "यह अब मेरे भी हैं। आपका अतीत सबका सब मेरे अतीत में शामिल हो गया है, मेरा बन गया है, मेरा अपना..." ••

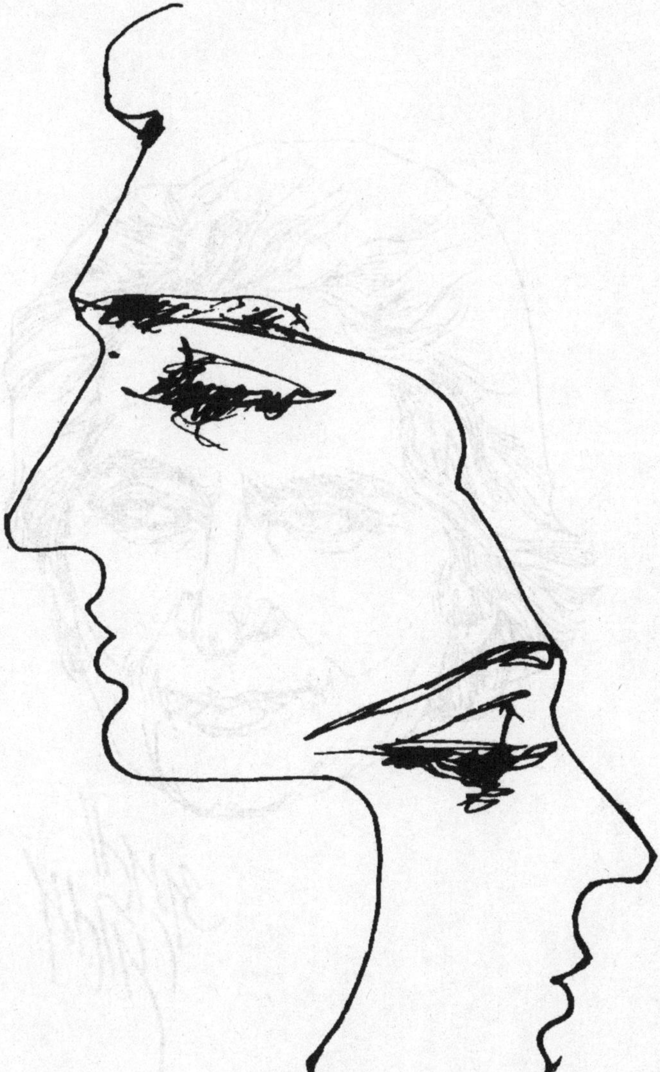